INFLUX

Charline Quarré

INFLUX

Roman

© 2022 Charline Quarré

Édition : BoD – Books on Demand,
12/14 rond-point des Champs-Élysées, 75008 Paris
Impression : BoD - Books on Demand, Norderstedt, Allemagne

Illustration : georgi-kalaydzhiev-TOGacYjIEQ8-unsplash

ISBN : 978-2-3224-1119-1
Dépôt légal : Janvier 2022

À ma mère, la meilleure du monde.

INFLUX

Roman

Charline Quarré

A ma mère, la meilleure du monde.

CHAPITRE 1

« Fais attention ! », vociféra la voix d'un inconnu.

Il y eut un coup de frein. Sonia sursauta sur la banquette arrière, brutalement réveillée. Le long trajet monotone l'avait endormie. A l'avant, le temps se suspendit une fraction de seconde durant laquelle la mère de Sonia, interloquée, garda les mains crispées sur le volant, et son père, sur la carte routière qu'il tenait, dépliée sur ses genoux.

Le chauffeur routier furieux toisa un instant la famille Pruneveille depuis la cabine de son poids lourd, avant de reprendre sa manœuvre sur le rond-point de la discorde.

« Connasse ! », ajouta-t-il en guise d'adieu.

Le camion disparut sur la départementale et la Saab des Pruneveille redémarra. Sonia esquissa un sourire discret à l'abri du rétroviseur intérieur, le premier depuis qu'ils avaient quitté la région parisienne. Le conducteur avait prononcé le mot juste, celui que l'adolescente aurait choisi pour sa mère ce jour-là, mais en aucun cas l'aurait-elle prononcé elle-même. *Elle l'a pas volée.* Un peu honteux de n'avoir pas eu la présence d'esprit de défendre son épouse à temps, son père s'éclaircit la gorge et reprit l'examen de la carte.

« On n'est plus très loin, maintenant, prends à droite. »

Le panneau indiquant *Zone Industrielle des Prés Verts* apparut après cinq minutes de trajet en rase campagne.

« C'est bon, c'est tout droit maintenant », conclut-il en repliant la carte.

La voiture ralentit sur le ruban de route à double sens étroit longeant usines et entrepôts gris. Sonia distingua parmi les hangars anonymes une usine automobile, une fabrique de confiseries, une imprimerie et un hôtel trois étoiles aux murs en crépi beige et fenêtres vert foncé apportant une faible note de couleur.

Tout au bout, immense, vertigineux, se dressait le pensionnat des Prés Verts. La grande tour de béton couvrit bientôt la voiture de son ombre. L'immeuble était bien plus imposant qu'il ne le paraissait sur la photo du prospectus que Sonia avait eu en main. Un bâtiment plus large et haut de trois étages s'emboîtait dans la tour, lui donnant la forme d'un L géant. L'édifice s'érigeait au milieu d'une cour tapissée de goudron d'où perçait un grand marronnier. Sur les bords s'étalaient, éparses, quelques bandes de gazon abritant des bancs en pierre et des buissons aux feuillages rachitiques. L'ensemble était ceint de grillages hauts de trois mètres.

Geneviève gara la voiture sur le parking des visiteurs devant le grillage et Maxime sortit ouvrir le coffre pour en extraire les trois lourdes valises de sa fille. Sonia resta assise quelques secondes, toisant la tour d'un regard de défi. Elle fit éclater une bulle de chewing-gum rose, dernier flash de liberté avant d'en affronter la privation décidée par ses parents.

Les jambes encore engourdies par le voyage, la famille fit rouler les valises vers le bâtiment.

*

Le vaste hall était gris et terne. Une odeur doucereuse d'humidité se mêlait à celle d'un détergent agressif. Par endroits, quelques touches de rose pâle comme un leurre, feignant d'atténuer l'austérité du lieu. Sur les murs, entre les plans du bâtiments et les panneaux d'affichages en liège, Sonia reconnut les portraits d'anciennes élèves dont l'école vantait la réussite professionnelle dans sa documentation.

Le couple Pruneveille s'approcha du secrétariat, suivi de leur fille sans zèle. Une minuscule secrétaire apparût derrière le comptoir en leur lançant un bonjour qui raisonna contre les murs du hall désert. A l'annonce du nom de Sonia, elle fouilla dans une boîte de fiches cartonnées.

« Alors ... les dortoirs des élèves de Seconde se trouvent au onzième étage. Attendez ... Sonia est dans la chambre 19. Je vous laisse l'accompagner. Votre fille doit se présenter à l'amphithéâtre à dix-sept heures précises pour le discours de bienvenue des nouvelles élèves. Il faudra qu'elle descendre en avance pour se

repérer dans les lieux. La salle se trouve au premier sous-sol du bâtiment bas.
- Merci Madame, dit Geneviève. Pouvez-vous nous indiquer les ascenseurs ? »

La secrétaire secoua la tête d'un air navré.

« Les ascenseurs sont strictement réservés au personnel.
- Mais ... nous avons de grosses valises à monter. Et sa chambre est au onzième étage, plaida la mère de Sonia.
- Je regrette Madame, mais l'interdiction d'utiliser les ascenseurs est aussi valable pour les parents d'élèves, valises ou pas. Les escaliers sont sur votre gauche. »

Sonia commença à s'essouffler au cinquième étage, devançant ses parents moins aguerris à bout de souffle un peu plus bas. Sa mère, débraillée par l'effort, semblait fort contrariée du traitement que l'établissement venait de lui réserver. *Bien fait*, pensa Sonia. Elle se détourna des retardataires et poursuivit son ascension au cours de laquelle, marche après marche, l'étrange arrière-goût d'eaux stagnantes invisibles se fit plus dense.

*

Une femme d'une trentaine d'années coiffée d'une queue de cheval brune apparut sur le palier du onzième étage pour accueillir la famille essoufflée, sans pour autant faire mine de proposer son aide. Tandis que le couple

Pruneveille reprenait son souffle, les poumons brûlants, l'inconnue de pencha vers Sonia. Elle avait la bouche étroite, le palais comme un bec d'oiseau. *Quelle horreur*, songea la jeune fille, *comment toutes ses dents ont la place de tenir à l'intérieur ?*

« Bonjour Sonia. Je suis Mademoiselle Hillgate, la surveillante de l'étage des Secondes. Je vais vous conduire jusqu'à votre chambre. »

Les Pruneveille suivirent la silhouette longue et maigre de la surveillante dans un large couloir anguleux aux nombreux tournants. De part et d'autre, les murs étaient entièrement recouverts de miroirs, offrant l'illusion d'un couloir infini dont l'architecture n'avait rien de logique. Cela rappelait à Sonia le labyrinthe de glaces du Jardin d'Acclimatation dans lequel elle s'était perdue lorsqu'elle avait six ans et en avait eu une crise de nerfs, jusqu'à ce que le responsable de l'attraction soit venu l'y récupérer et la déposer hurlante aux pieds de ses parents.

La femme s'arrêta devant une large ouverture qu'elle embrassa d'un geste.

« Les sanitaires de l'étage se trouvent ici. »

Sonia aperçut une rangée de douches séparées par des rideaux de toile cirée, un alignement de portes closes qui devaient être les cabinets de toilettes, ainsi qu'un immense lavabo à plusieurs robinets. *On dirait une mangeoire pour les vaches.*

Deux tournants plus loin, Mademoiselle Hillgate ouvrit la porte 19.

« Bien, je vous laisse vous installer mais je crains que vous n'ayez peu de temps avant le discours de bienvenue. »

La femme serra chaleureusement les mains de ses parents avant de s'éloigner.

Les miroirs qui recouvraient les murs de la chambre individuelle la rendait plus spacieuse qu'elle ne l'était. La pièce comportait un lit, une grande armoire, un bureau et une table de chevet. Maxime s'avança vers la fenêtre. Il aurait eu envie de dire quelque chose d'encourageant, mais il ne lui parut pas convainquant d'évoquer la beauté du Jura à la vue de la zone industrielle qui s'étalait en contrebas, au-delà de la cour de goudron grillagée. Il se contenta de se retourner vers sa fille avec un regard contrit, et baissa rapidement les yeux pour feindre une soudaine fascination pour le carrelage au sol.

Sonia surprit un léger apitoiement sur le visage de sa mère. Qui fut aussitôt ravalé la seconde d'après. *C'était ça ou un redoublement*, disaient les sourcils froncés de Geneviève. Sonia connaissait le refrain par cœur, à tel point que sa mère n'avait plus besoin de l'exprimer à haute voix. Sonia entendait parfaitement le monologue silencieux qu'elle mettait à sa sauce. *C'est pour ton bien. C'est une amie du chien du voisin de mon patron qui connait la fille d'un connard qui a été scolarisée dans cet école alors qu'elle était en échec scolaire, et après, elle a eu son bac avec mention et a très bien réussi.*

C'était aussi ce que promettait à plus large échelle la documentation racoleuse de l'établissement, qui avait achevé de convaincre les parents de Sonia après son bulletin catastrophique du troisième trimestre. L'Institut des Prés Verts garantissait de bons résultats scolaires aux parents dépassés par leurs cancres de filles, grâce à un travail assidu, encadré d'une équipe pédagogique de qualité appliquant un programme élaboré spécialement pour les élèves un peu trop fainéantes et une discipline stricte. En leur sens, tout ce dont leur fille manquait. Sonia n'était pas spécialement mauvaise élève, mais elle avait fini par se laisser aller, se sentant trop à l'aise dans le confort de l'école où elle avait effectué toute sa scolarité, trop distraite par ses camarades et ses petites habitudes pour être parfaitement assidue.

Le silence s'étira, tendu. Nul membre de la famille Pruneveille ne se sentait en mesure d'ajouter quoi que ce fut. Un silence de regret pour les parents et de rancœur pour leur fille unique.

« Il va falloir qu'on parte maintenant si on veut éviter les bouchons en rentrant, dit sa mère.
- Tu as raison, fit Maxime. Bon, Sonia, je sais que ça porte malheur mais on ne pourra pas se parler demain, donc je te souhaite un bon anniversaire en avance.
- Merci papa. »

L'adolescente embrassa ses parents, plus par devoir que par envie.

« Joyeux anniversaire, ajouta sa mère ».

Geneviève regarda une dernière fois sa fille sur le pas de la porte.
« Travaille bien », ajouta-t-elle avant de disparaître.

CHAPITRE 2

Sonia entra dans l'amphithéâtre deux minutes avant l'heure. Une trentaine d'élèves du collège et du lycée s'étaient déjà prudemment installées le plus loin possible les unes des autres dans la pièce aveugle. Elles attendaient, en silence, l'air intimidées pour certaines et contrariées pour d'autres.

Puis une grosse femme d'une soixantaine d'années coiffée d'un chignon blond apparut sur la scène.
« Bonjour à toutes. Je suis Madame Fabre, la Directrice de l'Institut des Prés Verts, et je vous souhaite la bienvenue dans notre établissement. J'espère que vous y trouverez vite vos marques. Vous vous sentez sans doute un peu seules aujourd'hui en tant que nouvelles, et c'est normal : les élèves déjà internes n'arriveront que demain matin pour les premiers cours. Pas d'inquiétude, cette école n'est pas vide. »
Il y eut quelques rires hypocrites depuis la maigre assistance, puis une autre femme plus jeune de dix ans fit son entrée sur la scène pour rejoindre la directrice. Elle avait les cheveux gris coupés très courts et portait un tailleur strict sur lequel brillait une grosse broche.
« Je vous présente Madame Jouannot, mon adjointe, à qui je laisse à présent la parole ».

La directrice s'effaça de quelques pas tandis que Madame Jouannot s'emparait du micro.

« Bonjour à toutes, à mon tour de vous souhaiter la bienvenue. Nous savons que les premières heures passées en pensionnat ne sont pas toujours les plus agréables, que l'on pénètre un peu dans l'inconnu, surtout pour les élèves qui n'ont jamais été internes à ce jour. Cela demande un peu d'acclimatation, mais je vous rassure, une fois le rythme pris, on s'y accommode très vite. Vous venez toutes d'écoles, et parfois de régions différentes, avec des habitudes différentes. Mais aujourd'hui, vous voici rassemblées, quelle que soit votre classe, autour d'un même projet : l'excellence de votre scolarité. Ici, comme vous le savez, le rythme de travail est soutenu, la rigueur est exigée en tous points. En complément des cours dispensés par d'excellents professeurs, d'anciennes élèves viennent régulièrement témoigner de leur réussite et de leur carrière lors de conférences qui ont lieu tous les quinze jours. Elles sont des exemples à suivre. Ici, notre but est de vous pousser à la réussite. Pour cela, récompensons les efforts. De ce fait par exemple, contrairement à la plupart des établissements, les vacances se méritent. Si vos résultats sont insuffisants, vous vous verrez consignées ici durant les congés scolaires tandis que vos camarades les plus méritantes seront autorisées à rentrer chez elles. »

Il y eut des murmures anxieux dans la salle. La directrice adjointe poursuivit :

« Bien entendu, être scolarisée ici ne doit pas être vu comme une longue punition encadrée d'un corps enseignant intransigeant. Vous aurez bien évidemment des moments de détente afin de vous ressourcer. Il est nécessaire d'avoir un bon équilibre pour mieux travailler. Ainsi, des sorties culturelles sont régulièrement organisées les samedis. Vous aurez libre accès à la piscine et la bibliothèque tous les week-end, ainsi qu'à des projections de films que nous programmons dans cette salle les vendredis et samedis soir. »

Sonia se demanda un instant s'il n'était pas préférable de décéder tout de suite, de manière symbolique. Disparaître pour réapparaitre dans une autre monde pourvu de week-ends acceptables. Et Madame Jouannot continua de réciter son texte.

« Je vous informe également que le port de l'uniforme est obligatoire dès demain, et ce pour tous les jours de la semaine. Le week-end, votre tenue est libre, à condition de rester correcte. Votre apparence doit être impeccable en toutes circonstance, les bijoux et le maquillage trop voyants ne sont pas autorisés, et les piercings sont tout simplement interdits. Tout votre linge doit être étiqueté de vos noms et prénoms, et il sera collecté une fois par semaine pour être lavé. Vous même vous devez d'avoir hygiène exemplaire, il est obligatoire de prendre au minimum une douche pas jour. Vos chambres doivent êtres rangées et propres, les lits faits dès que vous quittez votre étage le matin. Il me paraît également nécessaire de rappeler le règlement une dernière fois sur certaines interdictions : le tabac, les radio-cassettes et les Walkmans ne sont pas autorisés, de même que toute nourriture ou boisson venant de l'extérieur de l'établissement, sous peine de sanctions. Quant aux communications avec l'extérieur. Comme vous le savez sans doute, l'école ne dispose pas de cabines téléphoniques. Les communications ne sont autorisées qu'en cas d'urgence, et ne relèvent pas de votre décision. En revanche, le secrétariat se charge de la distribution et de l'envoi de vos courriers personnels. »

Madame Jouannot termina par un point sur les horaires et emplois du temps et conclut en demandant s'il y avait des questions. Quelques filles levèrent immédiatement la main.

« Oui ? fit-elle en pointant du doigt une élève menue au carré de cheveux auburn.
- Est-ce qu'on a le droit de descendre travailler en salle de permanence avant le petit-déjeuner si on s'est levée en avance ? ».

Sonia leva les yeux au ciel. *En avance, c'est à dire AVANT six heure trente du matin ? Sérieusement !?* Sonia enregistra le visage de la fille et se jura de ne jamais rien avoir à faire avec cette fayote, que ce fut en cas de vie ou de mort.

CHAPITRE 3

Sonia écartait soigneusement les brocolis de ses coquillettes, espérant qu'elle ne serait pas soumise à un régime quotidien de légumes verts. Ni de légumes tout court. Elle avait horreur de ça. Le soleil se couchait sur le béton de la cour, inondant le réfectoire à demi vide du rez-de-chaussée d'une lumière orange.

Les nouvelles s'étaient réparties par tranches d'âge sur cinq grandes tables. Sonia avait rejoint celles qui paraissaient les plus vieilles. Elle les écouta se présenter, faire connaissance. Toutes étaient en Première ou Terminale, et toutes venaient majoritairement des environs de Besançon, Dôle ou Bourg-en-Bresse.

« Et toi ? Tu t'appelles comment ? Tu viens d'où ? »

Sonia s'empressa de finir de mastiquer. Elle n'avait pas encore ouvert la bouche depuis qu'elle avait pris place auprès de ces inconnues. Elle perçut une note étrange dans les exclamations qui accueillirent son appartenance à la région parisienne qu'elle ne parvint pas à interpréter, entre l'admiration et la moquerie. Elle comprit en revanche rapidement qu'elle se trouvait désormais dans la case « fille qui n'est pas de la région », qui, malgré l'absence d'animosité, la privait d'un certain niveau de connivence qu'avaient naturellement entre elles ces filles qui ne se connaissaient pas.

Pour dénominateur commun, à les écouter, toutes avaient déjà entendu parler du pensionnat des Prés Verts durant leur scolarité. Nombreuses étaient celles qui connaissaient une ancienne élève, ou qui avaient vu peser sur elles la menace d'y être scolarisée en cas de mauvais résultats. La plupart avait déjà vécu en internat dans la région et savait à peu de choses près à quoi s'attendre. Et presque toutes semblaient résignées à leur sort, car elles savaient, par ouï-dire, que cet endroit, malgré son aspect rédhibitoire en tous points de vue, n'était finalement pas si terrible que ça après coup. Une sanction un peu plus sévère que d'ordinaire pour ne pas avoir été assez assidues. Et toutes, de concert, égrainèrent des recommandations de leurs parents que Sonia jugea aussi inquiétantes qu'inhabituelles.

« Mon père m'a dit : si tu fugues, je n'aurais pas besoin de te tuer moi-même ! Ah ah !
- Mes parents étaient super flippés aussi. J'ai eu droit à un sermon durant tout le trajet. Le même que j'ai entendu tout l'été.
- Je vois le genre : ne parle pas aux inconnus, ne traîne pas dehors toute seule, préviens la police au moindre doute, blablabla.
- Ouf ! Je pensais que j'étais la seule à avoir des parents paranoïaques !
- Moi ils m'ont juste dit : tu fais les bêtises que tu veux mais tu as interdiction de fuguer ! Genre ! »

Perdue, Sonia reposa sa fourchette et observa les filles lister oralement les recommandations de leurs parents mystérieusement atteints de psychoses liées à la sécurité.

« De quoi vous parlez ? finit-elle par demander.
- Ah, c'est vrai, tu n'es pas du coin, s'entendit-elle répondre par une jolie blonde de Terminale. »

Les filles toisèrent Sonia jusqu'à ce que l'une d'entre elle lui accorde le privilège de l'informer.

« En fait, il y a cinq ou six ans, une élève d'ici a fait une fugue. Et on ne l'a jamais retrouvée.
- Elle a clairement dû faire une mauvaise rencontre dehors, compléta une élève de Première en s'essuyant la bouche.
- Ouais, parce que c'est pas les mauvaises rencontres qui manquent par ici.
- Qu'est-ce que ça veut dire ? demanda Sonia.
- T'as jamais entendu parler des disparues du Jura ?
- Pas que je sache, non. »

Il y eut de nouveau une concertation silencieuse dans les regards avant d'initier la parisienne aux légendes locales. Une Terminale s'en chargea.

« Il y a eu beaucoup de disparitions par ici. Par ici, je ne veux pas dire *ici* précisément, tu vois. Mais dans la région, autour des principales villes, et en particulier, dans les campagnes. Des disparitions de filles, surtout.

- Des filles, c'est à dire ? Des filles comme nous ?
- Non, pas que. Beaucoup d'adolescentes. Mais des femmes aussi. Et quelques hommes, même si ce n'est pas la majorité.
- D'accord mais ... on les retrouve ?
- Rarement. Si on les retrouve, le plus souvent, ils ont été trucidés. Et les filles violées. »

Sonia fut parcourue d'un violent frisson. Cela ressemblait aux histoires sordides dont il était parfois question dans des reportages à sensation dans le monde rural à la télé. Sauf que ce n'étaient pas là des histoires qu'elle écoutait bien au chaud sur le canapé avec le chat Fabio sur les genoux. Là, c'était plus près, plus réel. Elle *y était*.

« Et les coupables ? On les retrouve, eux ?
- Parfois seulement. Mais on dirait que dès qu'on en met un en prison il y en a deux qui prennent le relai. Il y a plein de disparues pour lesquelles on ne saura jamais ce qui est arrivé.
- Comme la nana d'ici qui a fugué », conclut la fille assise à côté d'elle.

Puis elles passèrent à un autre sujet. Comme si celui-ci était trop frivole pour mériter que l'on s'y attarde. Il fut question d'un nouveau centre commercial en construction aux abords de Besançon qui semblait particulièrement les exciter.

Sonia avait la bouche sèche. Elle n'avait pas bu une goutte d'eau depuis qu'elle avait quitté la voiture de ses parents. Les onze étages escaladés avec tout ce stress lui avaient fait oublier d'avoir soif. Elle se versa un grand verre d'eau qu'elle but d'un trait. Elle toussa et reposa immédiatement le gobelet. L'eau avait un goût inhabituel, donnait une brève sensation vaseuse dans la bouche. Le liquide était légèrement trouble.

L'espace d'un instant, la jeune fille eut un violent vertige. Il lui semblât que sa tête avait tourné à la vitesse d'une visseuse, la laissant étourdie et pâle.

*

Après le dîner, les nouvelles s'engouffrèrent dans la cage d'escalier ensemble, progressant en essaim sur les marches, s'essoufflant peu à peu par manque de pratique. Le groupe commença à s'appauvrir à partir du septième étage réservé aux Sixièmes, puis à celui des Cinquièmes au-dessus. Il n'en resta qu'un quart arrivée à celui des Secondes. Sonia adressa un signe poli de la main aux filles avec qui elle avait dîné qui poursuivirent leur ascension. Lorsqu'elle se retourna, la lèche-bottes qui avait demandé lors du discours de bienvenue si on pouvait se lever à cinq heures du matin pour travailler et pourquoi pas s'imposer une séance de flagellation sous les crachats de la foule se tenait devant elle, affichant un large sourire appareillé.

« Salut, je m'appelle Solène, je suis l'autre nouvelle de Seconde. »

Et merde...

*

« Et donc cet été en colo, on a fait de l'équitation, et pas mal de randonnée. J'aime bien la randonnée, j'aime bien marcher en général. Le week-end, je vais souvent marcher alors là t'imagines bien que des randonnées tous les jours, c'était le pied. Et après le soir quand il y avait le feu de camp ... »

Sonia se contentait d'écouter Solène d'une oreille tandis qu'elle achevait de ranger ses vêtements dans l'armoire. Solène, intarissable sur sa vie de merde, avait suivi sa victime partout dans l'étage et s'était installée sur son lit en pyjama tandis que Sonia finissait de vider ses valises. Il s'en était fallu de peu pour qu'elle n'entre dans le cabinet de toilettes avec elle. Fort heureusement, Sonia avait eu l'occasion de cacher son Walkman et ses cigarettes en lieu sûr avant de descendre au discours de bienvenue, à l'abri de regards malvenus.

Elle étala soigneusement sur une chaise son uniforme pour le lendemain tandis que Solène poursuivait son monologue sur ses matières préférées et ne revienne encore une fois sur la colonie de vacances dans laquelle elle passait ses étés.

« J'espère que je me ferais des amies aussi sympas ici. D'ailleurs quelque chose me dit qu'on va devenir de grandes amies toutes les deux. »

Sonia n'eut pas l'occasion de répliquer que le concept des amis est qu'ils se choisissent, l'aurait-elle seulement voulu, car au même moment, Mademoiselle Hillgate se matérialisa au seuil de sa chambre.

« Qu'est-ce qu'il se passe ici !? rugit-elle. Il est presque vingt-et-une heure trente, l'heure de l'extinction des feux ! »

Les deux lycéennes s'immobilisèrent, interloquées par la soudaine hystérie de la surveillante qui s'était pourtant montrée fort aimable en présence de leurs parents. Solène fut pointée du doigt.

« Vous, dans votre chambre. Vous n'avez rien à faire là. »

L'adolescente obtempéra et disparut de la pièce. Puis Mademoiselle Hillgate désigna le miroir mural où Sonia avait scotché un poster de Freddy Mercury, une photo de vacances avec Vanessa, sa meilleure amie, et une série de clichés où figurait Elodie, élue meilleure copine numéro deux, et trois autres photos de groupes de ses amis dont une de son club de gospel.

« Qu'est-ce que c'est que ça !? Vous m'enlevez ces saletés tout de suite, rien ne doit être collé aux miroirs. Ce sera le premier, et le dernier avertissement. »

*

Elle se coucha le cœur lourd entre les quatre murs où subsistaient encore les quelques traces d'adhésif qu'elle n'était pas parvenue à gratter. Elle pensa à sa vraie chambre, à son vrai lit sur lequel le chat allait dormir sans elle. Elle ferma les yeux et entendit le grondement presque ininterrompu des poids lourds.

En bas, les camions passaient, sans arrêt.

CHAPITRE 4

Elle eut le ventre noué, ce premier matin. Une électricité nerveuse dans son corps et des gestes raides, imprécis, en s'habillant dans sa chambre. Un trac de la rentrée tout à fait nouveau, perturbant.

Chaque début de septembre avant celui-ci, la rentrée à l'école de la Garenne-Colombes avait été une fête, un retour à ses petites habitudes chéries. Elle s'y préparait méticuleusement, élaborait sa tenue et décidait de sa coiffure plusieurs jours à l'avance. Elle voulait être au meilleur d'elle-même pour les retrouvailles avec ses amis, et en imposer par sa prestance aux nouveaux élèves. Ce matin-là, c'était elle, la nouvelle. Personne à ses côtés pour lui souffler un mot encourageant. Personne non plus pour lui souhaiter un bon anniversaire de vive voix.

Elle avait eu seize ans dans la nuit.
C'est le pire anniversaire de ma vie.

Elle enfila sa jupe plissée d'uniforme. La jupe vert foncé était fournie par l'école. Le reste des vêtements était libre, mais devait être dans les tons bleu ou blanc, avec un col obligatoire. Sonia tira la fermeture éclair latérale. *Il y a un truc qui va pas.* Elle eut un choc en se regardant dans la glace.

La jupe était excessivement courte. Elle aurait été renvoyée chez elle pour une jupe plus longue que ça dans son ancienne école. Cela ressemblait à une version épurée d'une minijupe. Elle se précipita sur le lot de jupes que sa mère avait commandées auprès de l'école et que, par défiance, Sonia avait refusé d'essayer à la maison. *Quelle conne !* Elle ne portait jamais de jupes, que des jeans, ou des pantalons à pinces quand elle voulait être élégante. Elle vérifia la taille sur l'étiquette de la pile de jupes. Il n'y avait pourtant pas d'erreur. *C'est pas vrai on dirait une prostituée ...*

Elle eut un moment de panique. Elle se sentait à poil, ridicule, ses jambes ainsi exposées dans leur quasi-totalité.

Sonia sortit de sa chambre en rasant les murs. Elle suspendit son souffle, puis s'engagea dans l'escalier. Son cœur s'accéléra lorsqu'elle croisa deux élèves de Quatrième sur le palier du neuvième étage. Leurs jupes étaient aussi courtes que la sienne. Elle respira mieux. Et lorsqu'elle atteignit le quatrième étage où se trouvait sa salle de classe, elle poussa un profond soupir de soulagement et desserra l'étreinte qu'elle exerçait machinalement sur le sac à dos qu'elle tenait de toutes ses forces contre son ventre.

Le couloir illogique et anguleux qui desservait les salles de classes devint un défilé de jupe très courtes, sur toutes les filles. Cela flattait la silhouette de certaines. Pour d'autres, ce n'était pas du tout le cas. Un ballet de jambes plus ou moins gracieuses dont la tendance penchait plus en faveur du moins. Sonia remercia en pensée la nature de lui avoir permis de n'avoir honte que dans une raisonnable proportion.

*

Penchée sur son pupitre de l'avant dernier rang, Sonia examinait la photocopie de son emploi du temps, profitant d'un moment d'accalmie que la professeure de biologie avait laissé aux élèves afin qu'elles remplissent un formulaire sur l'état de leurs connaissances dans sa matière.

Si elle savait depuis le début que l'école n'était pas mixte, elle remarqua, à lire la liste des noms des professeurs, que c'était aussi le cas pour le corps enseignant. De même, semblait-il, que pour le reste du personnel, cantinières, secrétaires, surveillantes. Elle n'avait pas croisé un seul homme dans l'établissement depuis le départ de son père.

« T'as vu la rousse ? » entendit-elle murmurer.

Depuis que les cours avaient commencé, toutes les filles de la classe à l'exception de Solène se retournaient régulièrement pour dévisager *la rousse*. Dès que l'enseignante se tournait vers le tableau, les filles se contorsionnaient sur leurs sièges, échangeant de vifs chuchotements ou des morceaux de papiers griffonnés. Sonia se demanda depuis quand toutes ces filles se connaissaient. *Si elles sont ensemble depuis la Sixième, ça va être impossible de m'intégrer.*

« Taisez-vous ! » clama la prof en se retournant.

Les murmures se turent immédiatement.

« Ça commence très mal, je vous préviens ! Je n'admettrai aucun bruit parasite. Ni maintenant, ni plus tard. Vous vous taisez. La première que j'entends, je l'envoie dans le bureau de Madame Fabre. »

Elle balaya en silence la salle d'un regard glacial. Ses yeux s'arrêtèrent sur quelque chose au niveau du sol. Elle traversa la pièce et plongea la main dans le sac de Solène. Elle y attrapa une bouteille de Volvic qui dépassait.

« Les boissons extérieures sont interdites dans l'établissement ! Vous n'avez pas lu le règlement !? »

De sa place, Sonia ne put voir que les épaules de sa camarade de raidir et une faible voix bredouilla quelque chose d'inaudible. La professeure de biologie alla vers la fenêtre, déboucha la bouteille et en déversa le contenu dans le vide sous les yeux consternés de Sonia et les ricanement des élèves.

La scène fut interrompue par la sonnerie annonçant la première récréation.

*

Sonia ne sut que faire d'elle-même lorsqu'elle fut arrivée dans la cour. Elle chemina entre les groupes de filles rassemblées entre elles par âge, par classe, qui semblaient ravies de se retrouver. *Elles ont tellement de chance ...*

Quelques centaines de kilomètres plus loin au même moment, ses amis de toujours se tombaient dans les bras, se racontaient leurs vacances d'été à toute vitesse sans reprendre leur souffle, se dépêchaient d'annoncer les derniers ragots inconséquents avant que ne sonne la fin de la pause, toujours trop courte.

Ce ne fut que lorsqu'elle s'assit sur un banc près du grillage qu'elle pris conscience de la présence de Solène qui l'avait suivie partout dans son errance. L'adolescente, dépitée, se laissa choir à côté de Sonia et entama une séance de jérémiades.

« Tu te rends compte, pleurnichait-elle sans traces de larmes, vider une bouteille d'eau par la fenêtre ... C'est vraiment dégueulasse. Enfin, c'était juste de l'eau quoi ! Si c'était du Coca ou autre chose j'aurais compris, mais de l'eau ... »

Tandis que Solène s'épanchait sur le deuil de sa bouteille de Volvic, quatre filles de leur classe s'approchaient en leur direction. Sonia reconnut l'une d'entre elles pour s'être retournée plus souvent que les autres pour la dévisager. Une blonde carrée d'épaules et plutôt épaisse au visage finement dessiné. Bientôt quatre paires de jambes s'immobilisèrent devant les deux nouvelles élèves. La blonde s'adressa directement à elle.

« Tu t'appelles Sonia, c'est ça ? »

Elle acquiesça. Solène, soudain revigorée, agita la main pour manifester son amicale présence.

« Moi je m'appelle Solène ».

La fille l'ignora, annonça à Sonia :

« Je suis Alix ».

Alix fit un pas de côté et présenta trois autres filles. La plus belle d'entre elles, à la peau hâlée et aux yeux dorés s'appelait Domitille. Elle adressa à Sonia un semblant de révérence de sa haute silhouette élancée. A côté d'elle, l'air minuscule en comparaison, se tenait Griselda, une adolescente frêle arborant le duo appareil dentaire lunettes. Enfin, elle fut présentée à Marianne, une brune massive à la poitrine incroyablement plate et aux sourcils broussailleux. La lumière du soleil mit en relief le duvet noir qu'elle avait à la commissure des lèvres. Cette dernière, présentations faites, pointa du doigt la chemise de Sonia.

« C'est du Ralph Lauren ?

- Euh... je ne sais pas, répondit Sonia, incommodée par cette question directe. Oui, peut-être. Je vérifierai.
- T'as quel âge ? enchaîna Griselda.
- Quinze ans. Non, pardon : seize.
- Tu connais du monde ici ? fit Domitille.
- Non.
- Tu viens d'où ? »

Elle ravala sa salive à la question de Marianne. L'interrogatoire surprise la mettait mal à l'aise. Elle avait cru comprendre que venir de Paris n'était pas un bon point ici.

« De la Garenne-Colombes.

- C'est à Paris ? demanda Alix.
- Non, pas du tout.

- Moi j'habite à Besançon ! » s'écria Solène en levant la main.

Les filles ignorèrent son intervention. Seule Sonia paraissait susciter leur curiosité.

« Tu es parisienne, constata Domitille d'une voix posée. Colombes et tout ça, ça fait partie de Paris, je sais. J'ai une tante qui habite à Saint-Cloud.
- T'es riche alors », fit Marianne sans aucune transition.

Cela ne ressemblait guère à une question, il s'agissait plutôt d'un constat légèrement écœurant. Sonia ne sut que répondre. Elle n'en avait aucune idée. C'était quoi, être riche, exactement ? Elle ne s'était jamais posé la question. Elle était certaine de ne pas l'être personnellement vu que la seule fortune dont elle disposait était l'argent de poche fourni par ses parents, et il n'y avait clairement pas de quoi faire des folies, les billets de cinquante Francs disparaissait plus vite qu'elle ne les avait entre les doigts. Quant à ses parents, que dire ? Une maison avec jardin en banlieue donnait-elle le ton d'une réussite flamboyante ? Elle n'en était pas convaincue.

« Non, répondit-elle en haussant les épaules.
- Ils font quoi tes parents dans la vie ? demanda Alix.
- Mon père est médecin généraliste. Et ma mère travaille dans une agence de voyage. »

Alors que les filles se concertaient du regard pour savoir si l'addition de ces deux métiers faisaient des parents de Sonia un couple de glorieux milliardaires, la sonnerie stridente retentit sur les murs de la tour, annonçant la fin de la pause en même temps que celle de l'interrogatoire.

CHAPITRE 5

Elle avait guetté le moment où cesseraient les échos bruyants dans la salle de bains commune. Elle avait attendu depuis le seuil de sa chambre, jusqu'à ce que les sons aient achevé de se déplacer. Contrairement aux pensionnaires nullement gênées par la promiscuité, Sonia était d'une nature pudique, et ne se sentait pas encore prête pour l'épreuve les douches communes.

Elle avait hâte de se laver. Elle se sentait crasseuse, ne s'étant pas douchée depuis son départ de Paris. Elle n'en avait pas eu le temps la veille au soir à cause de l'extinction des feux qu'elle avait mal anticipée. Lorsque les échos s'évanouirent enfin, elle se glissa dans la salle de bains sur la pointe de ses pieds nus.

Elle déposa sa trousse de toilette et sa serviette avant d'entrer dans une cabine dont elle referma le rideau aussi sec. Puis elle sursauta et étouffa un cri en apercevant son double en face d'elle. Le mur de la douche était un immense miroir qui en recouvrait toute la paroi. Cela la perturbait. Elle avait assez de complexes d'adolescente pour avoir envie de se trouver face à son reflet d'aussi près dans le plus simple appareil. Elle trouvait sa poitrine trop grosse, ses cuisses trop fortes, et un petit bourrelet pouvait être saisi à pleine main sur sa hanche. Sans penser à ces boutons qui allaient et venaient périodiquement sur son front et ses joues, allant et venant, mais revenant surtout. Elle quitta son reflet décevant des yeux et fit jaillir l'eau.

« Aaaah ! »

Elle s'écarta aussitôt du jet et manqua de glisser en arrière. L'eau chaude était trouble, la même eau épaisse que celle du réfectoire, nauséabonde lorsqu'elle coulait à flots. Le contact immédiat avec sa peau lui avait valu un réflexe de répulsion animal. Elle écarta les deux pieds de part et d'autre du bac et contempla l'eau poisseuse gicler entre ses pieds avant de tourbillonner dans le siphon. *Dégueu...*

Elle resta ainsi un long moment sans bouger, comme lorsqu'elle hésitait à s'immerger dans une mer trop fraîche. Mais il ne s'agissait pas là de la température de l'eau. C'était son odeur. Et son aspect.

C'est ridicule. Je ne peux pas rester comme ça. Il faut que je me lave.

Elle ferma fort les yeux un instant, inspirant fort. *Vas-y. Ce n'est qu'une douche.* Elle se plaça au milieu du jet et le reçut en cascade au sommet du crâne. Bientôt, l'eau ruissela sur tout son corps saisi de frissons d'écœurement. Elle laissa passer une minute sans rien faire pour s'en accommoder, muscles tendus. Elle rouvrit les yeux lorsque le plus dur fut passé. Elle commença à se savonner. Cela allait déjà mieux. La sensation de dégoût s'était dissipée. Elle n'y pensait déjà plus lorsqu'elle eut rincé son shampoing.

*

Elle se sécha à la hâte une fois hors de l'eau. Sa peau la tiraillait comme après une heure de nage à la piscine municipale.

Elle traversa le couloir enveloppée dans sa serviette, les cheveux encore humides enturbannés. Il lui semblait entendre des voix du côté de sa chambre. Alix et Solène étaient assises sur son lit. Solène tournait les pages de l'album dans lequel Sonia avait remis les clichés qu'elle avait dû détacher du mur la veille au soir. Par-dessus l'épaule de Solène, Alix regardait attentivement les photos sur lesquelles Sonia menait manifestement une vie heureuse quelque part loin d'ici. Marianne, plus active, fouillait allègrement les placards en retournant tous les vêtements. Pendant ce temps, Griselda, adossée près de la fenêtre ouverte, fumait une cigarette qu'elle avait pioché dans le paquet découvert de Sonia. Elle tenait à la main une large feuille dépliée qu'elle avait sorti de l'enveloppe « à ne pas ouvrir avant le 2 septembre !! », et faisait lecture à voix haute de tous les petits mots que les amis de Sonia lui avaient écrits à l'avance pour son anniversaire.

Sonia était trop interloquée pour réagir. Elle resta la stupéfaite spectatrice d'un groupe d'inconnues immiscées dans son espace pour sonder son intimité. Quant aux intruses, elles constatèrent simplement sa présence sans que cela ne change rien à leurs activités. *C'est pas possible.*

Elle se précipita sur Solène et lui arracha l'album des mains. Au même moment, Domitille fit irruption dans la chambre.

« La pionne arrive ! Dépêchez-vous ».

Alix et Solène bondirent du lit. Marianne cessa ses recherches et Griselda laissa tomber la feuille sur le sol avant de jeter son mégot par la fenêtre.

« Merci pour la clope », fit-elle en passant la porte.

Solène adressa un regard contrit à Sonia avant de sortir et Alix s'arrêta derrière elle, juste avant de sortir.

« Tu étais peut-être populaire à Paris, dit-elle en souriant. Mais tu n'es personne ici ».

Lorsque leurs pas se furent éloignés et qu'elle entendit Mademoiselle Hillgate les engueuler à mi-parcours, Sonia se précipita sur la cachette où elle avait planqué son Walkman. De soulagement, elle se laissa retomber sur le lit. Il était bien là, les filles ne l'avaient pas trouvé. Les cassettes non plus. Les compilations élaborées avec soin par Vanessa ou son ami Louis, accro aux concerts en tous genres, étaient en lieux sûr. *Dieu merci ...*

*

Elle s'endormit tard, plus déprimée encore que la veille, au son des camions.

CHAPITRE 6

Le soleil de septembre déclinait lentement au-dessus de la tour de béton. La journée avait été chaude. Sonia sortit de sa dernière heure d'étude du vendredi et s'étira dans la cour, bailla à s'en décrocher la mâchoire, fatiguée, mais heureuse que cette première semaine soit terminée. *Une de moins*, pensa-t-elle. *Si j'ai survécu à celle-ci, je pourrais bien endurer les autres.*

Elle alla un peu engourdie vers sa place préférée. Un banc tranquille près du grillage, isolé derrière une façade de la tour, le seul endroit de la cour à concentrer le plus de gazon et de buissons à la fois. *Une vrai carte postale du Jura.* Elle avait hâte de rédiger son premier compte rendu à Vanessa.

C'était sans compter sur Solène qui se mit à la suivre dès qu'elle l'eut aperçue.

« Alors t'en penses quoi de la prof d'anglais ?
- Rien.
- Moi je la trouve pas mal. Mais je préfère celle de maths. Je pense que je vais bien améliorer mon niveau avec elle. Je lui ai demandé de me donner des exercices supplémentaires pour progresser.
- Super.
- Et toi c'est quoi ta matière préférée ?

- Je sais pas.
- T'as bien une idée ?
- La paix.
- Hein ?
- J'aime bien être tranquille cinq minutes, s'agaça Sonia en arrivant à hauteur de son banc.
- Mais tu es tranquille ici, les cours sont terminés, et il n'y a pas beaucoup de monde dans la cour, fit Solène, convaincue.
- Oui oui bon, écoute. J'ai pas fini d'apprendre le poème de Ronsard en étude. J'ai besoin de me concentrer un quart d'heure. Seule. »

Solène battit en retraite en traînant des pieds. *Pire qu'une glue cette fille, un vrai crampon.* L'éconduite devint bientôt un point flou qui acheva son errance en s'asseyant au pied du banc où se trouvaient Alix et sa bande. *N'importe quoi celle-là*, constata Sonia, à voir ces quatre filles qui avaient à peine remarqué la présence de Solène au bout de leurs chaussures. *Je comprends pas.* Il y avait un vivier de créatures toutes aussi transparentes que Solène dans la classe, des Jessica, Capucine, Chloée, Soraya, ou encore Béatrice qui était le prototype exact de la fille sans relief que l'on trouve dans toutes les écoles de la galaxie. A quoi bon dans ce cas s'entêter à s'incruster à tout prix dans le groupe autoproclamé *populaire* qui ne l'est seulement parce que c'est celui qui beugle le plus fort. *Elle fait ce qu'elle veut je m'en tape, c'est pas mon problème.*

Elle sortit son bloc-notes, chercha l'inspiration en mordillant le bouchon de son stylo et entama sa correspondance.

Les Prés Verts, le vendredi 6 septembre 1991

Ma Vanessa,

J'espère que tu vas bien, et que je ne t'ai pas trop manqué pour la rentrée. J'ai eu les larmes aux yeux quand j'ai vu tous les mots d'anniversaire que vous m'avez tous écrits et je suis tellement triste de ne pas pouvoir le fêter avec vous tous. Tu n'imagines même pas ...

Je n'ai pas eu le temps de t'écrire plus tôt, j'ai dû attendre la fin de la semaine. Et comme ça j'ai plus de trucs à raconter. En vrai, l'endroit est mille fois plus glauque que sur les photos que je t'avais montrées. Les couloirs vont dans tous les sens avec des miroirs partout, et les profs engueulent sans arrêt les élèves parce que forcément, elles se regardent tout le temps dans la glace, vu qu'il y en a plein c'est normal ! C'est n'importe quoi. Bref, je ne suis pas là pour te parler des miroirs.

A part ça les filles sont connes comme pas possible. J'ai eu quelques problèmes le premier jour mais après ça elles m'ont laissée tranquille. On s'ignore, c'est tout. Je n'ai pas encore de copines, à part une espèce de pot de colle chiante à crever qui me suit partout et qui s'appelle Solène. C'est la seule autre nouvelle dans ma classe. Du coup elle veut qu'on se serre les coudes, mais non merci.

Je vais pas te faire un dessin tu t'en doutais mais je déteste cet endroit. Ça pue à mort en plus. Quand je dis que ça pue, c'est au VRAI sens du terme. Il y a un genre d'odeur mouillée, genre comme dans une cave inondée, tu vois ? Ça te rentre dans le crâne par le nez, de la vraie pourriture. Ça me donnait mal au cœur au début mais je me suis habituée. Qu'est-ce qu'il faut pas faire je te jure !

En plus je te dis pas, c'est que des usines autour. Total : il y a des camions qui passent toute la journée. Ça fait un max de bruit, c'est horrible. Ils passent toute la nuit aussi, c'est super compliqué pour dormir. Même si ça aussi je commence à m'y faire, et crois-moi il vaut mieux vu comme les horaires sont affreuses. Comme à l'armée. Avec l'uniforme et tout. Et les profs, c'est encore une autre histoire. Hyper sévères. Genre tu prends la profs de physique qu'on a eue en Quatrième, tu la multiplie par dix et tu bourres tout ça dans le même être humain et c'est à peu près ça. Je les déteste.

Et puis ça fait bizarre d'être dans une école de filles, j'ai pas l'habitude. C'est pourri, je te jure. Même les profs, tout, il n'y a que des femmes ici, c'est comme si tous les hommes de l'univers avaient été rayés de la carte et qu'il ne restait que des connes. Enfin si, il y a un homme à tout faire, mais sinon c'est tout. C'est pire que mille fois ma mère.

Voilà pour la première semaine. Embrasse Elodie, Louis et les autres pour moi et écris-moi très vite par pitié ! Je veux tout savoir de ta rentrée !
Gros gros bisous.

Sonia

Elle agrémenta sa missive de quelques cœurs, de lapins et d'étoiles. Alors qu'elle léchait l'enveloppe, elle entendit un sifflement. Puis un autre. Il ne semblait pas venir de la cour, où personne ne faisait mine de regarder en sa direction. On siffla une troisième fois. Cela venait de derrière.

Quatre garçons aux allures de motards se tenaient derrière le grillage. Elle aurait juré ne pas avoir entendu le son des motos mais peut-être s'était-elle trop concentrée sur son courrier. Depuis combien de temps étaient-ils en train de l'observer dans son dos, à moins de deux mètres du banc où elle était assise ? Elle perçut quelque chose d'étrange, avec ces quatre garçons qui ne devaient pas dépasser la vingtaine. Quelque chose de dérangeant, comme s'ils sortaient d'une cassette vidéo, d'un film, d'autre chose que la vie réelle.

D'où ils sortent, ceux-là ?

Ils avaient l'air *sale*. Un roux à la coupe en brosse comprimait son ventre proéminent contre le grillage qui lui quadrillait le gras. Il souriait de toutes ses dents entartrées. Un grand brun baraqué coiffé d'une banane constellée de pellicules l'observait avec ce qui ressemblait plus à un rictus qu'à un sourire. Un autre brun, trapu aux cheveux longs et gras cramponnait ses doigts boudinés sur les fils de fer emmêlés comme s'il avait l'intention de les tordre avec ses ongles longs et crasseux. Il portait un tee-shirt à tête de mort géante troué de mites. Au bout de la ligne, coiffé d'un bandana noir, se tenait un blond très pâle aux dents jaunes qui mâchait un brin d'herbe roussie. Les quatre individus la contemplaient en silence. *Qu'est-ce qu'ils me veulent ?*

« Ça va princesse, dans ton royaume ? » fit le roux.

Sonia ne sut que répondre. Elle bredouilla un oui mal assuré.

« On peut t'enlever un petit moment ? demanda celui au bandana.
- Que ... quoi ? » fit-elle, saisie d'un frisson aussi imperceptible qu'incontrôlable.

Un ricanement parcourut la ligne des inconnus, comme traversés à tour de rôle par un courant électrique.

« Une petite virée si ça te chante ...
- Ouais, ajouta le garçon à la banane. Pour faire un billard, boire quelques bières ...
- Passer un petit moment avec nous, quoi », conclut le roux d'une voix torve.

Inquiète, Sonia jeta un œil par-dessus son épaule. Au loin, les élèves allaient et venaient, prises dans leurs activités et conversations. Nul ne faisait attention à ce qu'il se passait par ici. Personne d'autre qu'elle ne semblait avoir vu ces quatre garçons sortis du néant dont elle craignait qu'ils ne passent *à travers* le grillage. Comme si le temps s'était suspendu, qu'il avait glissé dans une autre réalité où elle se trouvait seule avec eux sans que personne ne puisse les voir. Elle ressentit la peur comme un tremblement de terre sous ses jambes. Elle se sentait en danger. Malgré les autres, et malgré le grillage. Elle ramassa ses affaires en tremblant et s'empressa de regagner l'établissement.

Elle ne se retourna pas, et n'entendit rien.

Lorsqu'elle fut dans le hall. Elle glissa sa lettre à Vanessa dans la boite réservée à la correspondance des élèves.

Son cœur n'avait qu'à peine ralenti.

CHAPITRE 7

Assise en tailleur sur son lit, une chaise préventivement calée contre la porte, Sonia écoutait Queen dans son Walkman, savourant cet instant volé d'adolescence normale. La face A arriva à sa fin. Sonia ôta les écouteurs pour la rembobiner. A peine eut-elle les oreilles libres qu'elles s'emplirent de cris.
Qu'est-ce qu'il se passe ?
Elle planqua son appareil interdit et sortit. Il était vingt-deux heures passées. A cette heure-ci, tout chahut était proscrit dans les étages. Et les cris venaient du sien. Elle suivit le tapage qui s'amplifiait à pas de loup. Elle s'arrêta devant la salle de bains.
Une fille de sa classe, Marie-Emeraude, dont les élèves se moquaient constamment, était en larmes. Sous ses geignements désespérés mêlés des rires de ses camarades, Solène, encouragée par Alix et Marianne, malaxait avec soin un gros tas blanc dans l'immense lavabo. *Qu'est-ce qu'elles foutent ?*
« Mes draps ! hurlait Marie-Emeraude.
- Ta gueule », répliquait Marianne en riant.
C'était toute la parure de lit, couette et oreillers compris, que Solène était en train de gorger d'eau trouble.
« Hillgate arrive !! Vite !! » fit la voix de Griselda.

La pièce fut évacuée en un rien de temps. Tout le monde regagna sa chambre en courant à l'exception de Sonia et de la victime de la classe.

« Qu'est-ce que c'est que ce raffut !? aboya la surveillante.
- Je ne sais pas, je viens d'arriver, répondit Sonia. »

Mademoiselle Hillgate s'impatienta, prit Marie-Emeraude par les épaules et se mit à la secouer comme un arbre fruitier, récoltant plus de larmes hystériques que de concrètes syllabes. La pauvre fille pleurait si fort qu'elle ne pouvait aligner deux mots correctement. Prise de pitié, Sonia tenta de traduire en français.

« Je crois que des filles lui ont trempé tout son linge de lit dans l'eau froide.
- C'est vrai ? » demanda la surveillante à l'intéressée.

La fille acquiesça en reniflant, sécha ses larmes et se calma un peu.

« Est-ce que je peux avoir du linge sec pour dormir ? réussi-t-elle à articuler.
- Hors de question, vous n'avez qu'à prendre soin de vos affaires. Retournez dans votre chambre maintenant, je ne veux plus vous entendre. »

La surveillante quitta la pièce et Sonia se tourna vers Marie-Emeraude dont les sanglots avaient repris de plus belle.

« Bon, écoute, ça ne sert à rien de pleurer. Je vais t'aider à étendre tout ça pour que ça sèche plus vite, et je vais te prêter une couverture que j'avais pris en double dans ma valise. Tu la gardes le temps que tu veux, d'accord ? »

Marie-Emeraude acquiesça en faisant tomber deux grosses larmes sur le carrelage inondé.

*

Sonia termina de faire le lit de Marie-Emeraude qui était prostrée entrain de geindre dans un coin de sa pièce. *La pauvre ... Elle n'est déjà pas gâtée par la nature, mais ses parents ne l'ont pas aidée non plus avec un prénom pareil.*

Marie-Emeraude n'avait rien d'une pierre précieuse. Cette fille au nez en trompette et aux cheveux ternes repliée sur elle-même n'avait rien pour séduire. Ses jambes boudinées à la peau tellement blanche qu'elle en paraissait translucide portaient l'uniforme comme la plus cruelle des punitions. Ses yeux bleu clair n'avaient aucun éclat. Pire, elle avait la tête de l'emploi pour être la victime de service des sadiques débutants.

Lorsque le lit fut fait, Mairie-Emeraude s'assit dessus et Sonia ouvrit la fenêtre pour recevoir un peu d'air le temps que sa camarade finisse de sécher ses larmes. Elle avait abondamment transpiré. De l'autre côté, l'hémorragie lacrymale était terminée, à son plus grand soulagement.

Sonia plissa les yeux et regarda en bas de l'immeuble. Elle avait cru voir quelque chose bouger à proximité de la grille. Elle se concentra, malgré l'obscurité. Une ombre masculine longeait depuis l'extérieur la clôture à pas lents. Puis l'homme s'arrêta. Et il se remit à longer le grillage dans l'autre sens.

« Ça arrive souvent », dit Marie-Emeraude en reniflant.

Elle avait ouvert un livre qu'elle avait manifestement commencé à lire, comme par un soir des plus ordinaires.

« Que les filles te martyrisent ? » demanda Sonia.

La fille bailla, épuisée par les larmes, et tourna une page de son livre.

« Non, dit-elle. Les rôdeurs. »

CHAPITRE 8

Ce fut avec une joie exquise qu'en ce premier samedi d'internat, Sonia fut autorisée à enfiler ses *vrais vêtements*. Elle glissa avec délice dans son Levi's qu'elle assortit avec un tee-shirt Petit Bateau bleu clair. Le bruit agaçant du velcro de ses baskets résonna comme une symphonie à ses oreilles.

Cette maigre consolation cependant ne rattrapait pas le reste. Un premier samedi de septembre comme celui-ci à Paris, elle aurait dû aller profiter de la piscine avec Vanessa dans le jardin des parents de cette dernière. Un bassin pas plus grand qu'un timbre-poste qui faisait leur plus grand bonheur les après-midi de chaleur. D'autant qu'au bout de la première semaine de cours, il aurait été trop tôt pour les bulletins de notes décevants et par conséquent, trop tôt pour que ses parents ne la privent de sorties. Ainsi, elle serait allée passer la soirée chez les uns ou les autres, chez Louis ou Elodie, la plupart du temps, à ne rien faire de particulier à part écouter de la musique trop forte et boire une canette de bière, ou au cinéma en bande organisée s'il avait le malheur de pleuvoir.

Au moins échappait-elle au face à face dominical au déjeuner avec sa cousine Diane qu'elle ne supportait pas, petite fille modèle sur laquelle ses parents prenaient constamment exemple. *C'est toujours ça de moins.*

*

Sonia atterrit dans le hall en vérifiant les billets pliés dans la poche de son jean et se dirigea vers le panneau des sorties dites « libres » qui ne l'étaient pas vraiment. Le règlement était strict : les élèves étaient autorisées à se rendre dans les commerces de la zone industrielle les samedis après-midi, à condition qu'elles sortent par groupes de quatre au minimum, qu'elles inscrivent leurs noms sur une liste, partent ensemble, et reviennent ensemble au pensionnat en respectant le couvre-feu fixé à dix-sept heures précises.

La liste s'était allongée depuis la veille. Elle y lut les noms d'Alix et sa bande, Solène et deux autres filles de la classe, Donna et Jordane. L'idée de partir en balade avec ces filles-là était loin de l'enchanter, mais elle devait impérativement se rendre au supermarché pour se constituer un stock de lait hydratant. L'eau d'ici lui asséchait la peau. La sensation était si désagréable qu'elle avait déjà vidé en une semaine le flacon de crème qu'elle avait emmené *au cas où* car elle n'en utilisait jamais d'habitude.

Alix apparut derrière elle, suivie des autres filles de la liste, et lui adressa un sourire dénué de malice.

« Alors, prête à découvrir le monde extérieur ? »

*

Le *monde extérieur* n'avait rien d'exotique. Sonia marchait sur les pas des connaisseuses, traversant les allées bordées de hangars de tôle et de véhicules utilitaires où poussaient çà et là quelques plantes sauvages et mauvaises herbes. Elle fut toutefois surprise de l'entente cordiale qui semblait régner entre les filles, comme si sortir du pensionnait étouffait momentanément toute animosité. Une trêve bienvenue à laquelle, toutefois, elle décida de ne pas se fier à l'aveugle. *Je n'ai pas inventé ce que ces folles ont fait subir à Marie-Emeraude hier soir.* Elle l'avait vu, l'avait enregistré. *Je dois bien le garder à l'esprit.*

Le petit groupe bifurqua dans un dédale de constructions plus ou moins modernes sur un peu moins d'un kilomètre qui finit par déboucher sur un large parking extérieur au quart désert. Sonia reconnut l'hôtel aux couleurs tristes qu'elle avait aperçu depuis la voiture de ses parents. La route devait se trouver de l'autre côté de la façade. Un séminaire se déroulait à l'intérieur où quelques salariés levèrent la tête, distraits, pour jeter un œil aux adolescentes apparues de l'autre côté de la baie vitrée. Quelques-uns, moins assidus, fumaient des cigarettes veste sur l'épaule et chemise retroussée près des gros pots de plantes vertes à l'entrée de l'hôtel. Eux aussi se tournèrent au passage des lycéennes, avec un regard plus appuyé, en échangeant des remarques inaudibles.

Le reste de la grand place formée par le parking était bordé d'un restaurant grill typique de bord de route, d'une large façade de supermarché et sa station-service. Puis une courte série de commerces plus étroits collés les uns aux autres. Un tabac-presse et une petite sandwicherie dont le mobilier en plastique blanc était disposé sur la terrasse avec vue sur le parking. *C'est clairement pas les Champs-Elysées.*

« Oh mon Dieu !! » s'extasia-t-elle.

Elle s'approcha avec adoration vers la cabine de Plexiglas comme un totem, les yeux émerveillés. Un téléphone public. *Je rêve, les miracles existent ! Je vais pouvoir communiquer avec le vrai monde extérieur. Mon monde !* Elle allait commencer par appeler Vanessa. Domitille la stoppa dans sa précipitation.

« Elle ne marche pas, dit-elle.
- Quoi ?
- La cabine. Le téléphone est en panne. Ça fait des années. On a toutes eu la même fausse joie au début.
- Non, tu me fais marcher ? »

Sonia s'obstina. Elle pénétra la cabine poussiéreuse et décrocha le combiné. Domitille avait dit juste. Il n'y avait pas de tonalité. Elle reposa l'appareil sur son socle, lentement, faisant le deuil des conversations qu'elle n'aurait pas cette année.

« Bon les filles, annonça Griselda en consultant sa Flik-Flak. Il est quinze heures trente. Rendez-vous dans une heure pile maximum à la sandwicherie. »

Elle entrèrent dans le supermarché, saisirent des paniers et se dispersèrent très vite dans les différents rayons, chacune pour soi.

La grande surface était curieusement déserte pour un samedi après-midi. *Les gens du coin doivent sans doute faire leurs courses plus près de chez eux.* Seule au rayon « hygiène féminine », Sonia calculait mentalement de combien de paquets de serviettes elle aurait besoin pour tenir jusqu'aux vacances de novembre. Alors qu'elle comptait, concentrée sur ses doigts, elle sentit une présence dans son dos. Elle se retourna sans brusquerie, avec la sensation absurde que derrière elle se trouvait un individu lui braquant un pistolet dans le dos.

Il n'en était rien, pourtant. C'était juste un vieil homme. Celui-ci émit d'ailleurs un petit rire gêné. Il avait les mains vides.

« Excusez-moi », dit-il pour la forme.

Il paraissait inoffensif, mais une chose dérageait Sonia. Comment se faisait-il qu'elle ne l'ait pas entendu se placer derrière elle ? Que *faisait-il* derrière elle ? Pourquoi l'avait-il frôlée d'aussi près alors qu'il avait toute la place de passer dans l'allée sans même l'approcher ? *Il y a un truc pas normal.* Elle ne put cependant être en mesure d'en jurer. *Je ne sais pas vraiment pourquoi, mais si papa ou maman avaient vu cette scène, je suis sûre qu'ils auraient piqué une crise.* Ce frôlement, cet respiration d'un inconnu immobile dans sa nuque l'avait dérangée. Elle déglutit tandis que le vieil homme s'éloignait en traînant des pieds, ses semelles couinant sur le carrelage. Puis elle-même changea de rayon.

Elle remplit son panier d'une demi-douzaine de gros flacons de Nivea pour peau sèche, songeant que cela allait faire lourd pour le retour, mais qu'elle se remercierait chaque soir en sortant de la douche acide. Elle se demandait à quels rayons se trouvaient ses camarades qu'elle avait perdues de vue à l'entrée du magasin. Probablement au rayon musique, s'il y en avait un, en train de regarder les nouvelles cassettes. Là où elle-même se serait rendue instinctivement si elle n'avait pas eu de besoins plus urgents.

Alors qu'elle jetait un flacon d'une autre marque dans son panier pour varier les plaisirs, elle sentit une présence, encore, mais plus lointaine cette fois-ci. *Qu'est-ce qu'il fait lui maintenant ?...* Un adolescent de son âge l'observait depuis l'extrémité du rayon, pile au milieu des deux rangées comme s'il avait mesuré la distance pour se placer exactement en son centre. Il regardait Sonia sans s'en cacher, immobile, les bras le long de son corps gras dépassant de son marcel, les yeux impassibles sous sa coupe au bol blonde. Il la regardait comme un bovin regarde les promeneurs du dimanche depuis un enclos. Il la regardait sans ciller, de ses yeux délavés, vierges de tout éclair d'intelligence. Il la dévorait d'un regard éteint. Sonia ne respirait plus. Il n'y avait pourtant aucun danger. *Tu es dans un supermarché. Tu n'as rien à craindre.* Et pourtant, à mesure qu'une curieuse bosse semblait enfler le short de l'adolescent à l'air attardé, elle se sentait étouffée, oppressée. Et terriblement seule.

« Elvis !! Tu fais quoi !? Viens ! » éructa une voix granuleuse du rayon d'à côté.

Sonia perçut un éclair de crainte dans les yeux de l'adolescent qui aussitôt se détourna d'elle pour disparaître au tournant. Un caddie rempli de bouteilles d'alcool et de boîtes de conserves roula sur ses pas, poussé par le père du jeune homme. Celui-ci, plus mince, portait la même coupe de cheveux. Il arborait un diamant à l'oreille et avait le regard vif. Il arrêta son caddie une seconde, le temps de reluquer Sonia de la tête aux pieds. Un instant de stupeur, l'adolescente crut que l'homme allait se jeter sur elle pour *la dévorer*. Puis il disparut à son tour.

Bon, ça suffit je me casse.

Elle traversa les rayons sans plus s'attarder, lança des paquets de piles et des chewing-gums dans son panier avant de se rendre à la caisse.

Lorsque vint son tour après une cliente d'une cinquantaine d'années accompagnée d'un gamin insupportable, une caissière soporifique scanna ses articles avec une incroyable lenteur. Elle s'adressa à Sonia par les borborygmes que lui permettait le chewing-gum qu'elle écrasait de toute sa mâchoire, comme si le simple fait de mastiquer demandait une trop grande synchronisation de mouvements.

« Cent-vingt-six Francs cinquante », annonça-t-elle en entier avant de souffler une bulle de chewing-gum. La bulle enfla à mesure que Sonia sortait la monnaie de sa poche. Elle devint énorme. Une sphère géante de chimie verte, translucide et veineuse, si grosse que la jeune fille sentit son cœur cogner de façon absurde dans sa poitrine. Elle sursauta lorsque la bulle éclata, aussitôt réaspirée par l'employée.

A peine fût-elle dehors qu'elle déboucha la bouteille d'Evian qu'elle venait de payer. Elle but d'un trait le demi-litre, trop vite, et manqua de s'étouffer. Elle dut reprendre son souffle, appuyant ses mains sur ses genoux. Pour la première fois de sa vie, à cause de la comparaison avec l'eau courante du pensionnat, elle trouvait l'eau minérale délicieuse. Elle froissa la bouteille vide et, lestée de son sac de commissions, entra dans le tabac-presse.

Son entrée fut annoncée par la petite cloche fixée à la vieille porte et un buraliste hors d'âge l'accueillit d'un hochement de tête inexpressif. Sonia se rendit au fond de la petite boutique mal éclairée où se trouvait un mur couvert de magazines. Elle traîna un peu, feuilleta quelques journaux au son de la cloche qui teintait régulièrement. Elle s'empara d'un exemplaire de *Star Club*, *Bravo Girl !* et du dernier *Biba*.

« Hé, Petite »

Un client tenant une cartouche de Chesterfield à la main s'approcha d'elle, furtivement. Il avait les yeux noirs et ressemblait à un acteur de feuilleton, mais Sonia ne savait plus lequel. L'inconnu semblait préoccupé, ennuyé. *Il veut peut-être que je lui donne l'heure, ou un renseignement.* Elle suspendit ses mouvements et attendit.

« Dis-moi, tu es nouvelle ici ? »

Nouvelle ici ? Elle dut réfléchir. Elle ne s'attendait pas à cette question et se sentait un peu tourmentée depuis son passage au supermarché. Sans plus de précision dans la question, elle supposa que l'inconnu lui demandait si elle était nouvelle au pensionnat. Elle se contenta de faire oui de la tête. *En quoi ça l'intéresse ?* L'homme fronça les sourcils. Il hésita un instant.

« Fais attention à toi », dit-il simplement, d'un ton chargé d'inquiétude plus que de bienveillance.

Il sortit aussitôt en adressant un signe de main au buraliste, sans presser le pas, mais assez vite pour que Sonia n'ait le temps de le rattraper pour lui demander à quoi il fallait qu'elle fasse attention. Elle alla à la caisse où elle posa ses magazines et demanda cinq paquets de Marlboro et deux briquets.

Lorsqu'elle sortit à son tour, elle fut aveuglée par le soleil. Elle croisa à contre-jour trois hommes en costume, probablement des types du séminaires de l'hôtel. En la contournant, l'un deux lui adressa un clin d'œil.

Lorsqu'elle balaya du regard le centre commercial et vit les filles de sa classe attablées sur la terrasse de la sandwicherie, elle ressentit un immense soulagement qu'elle ne comprit pas tout à fait. Elle marcha vers elles d'un pas plus léger. Les filles fumaient des cigarettes en buvant du coca. Elles se décalèrent pour laisser une place à Sonia qui commanda un Orangina à la patronne des lieux, une femme imposante qui avait dû être ravissante dans un passé très lointain. Alix se pencha vers Sonia.

« Ne mange jamais ici en revanche, c'est vraiment dégueu.
- Pire qu'au réfectoire ?
- T'imagines même pas, dit Marianne avec une moue écœurée.
- Qu'est-ce que ça doit être alors ... »

Je préfère pas imaginer. Elle eut une pensée apitoyée pour les deux ouvriers en combinaisons de travail qui sortirent avec des sandwichs à emporter. Ils s'arrêtèrent devant les filles et l'un deux saisit la cigarette qu'il avait derrière l'oreille en demandant si elles avaient du feu. Domitille leur prêta son briquet. Le plus grand esquissa une parodie de révérence pour la remercier. Sonia s'attendait à ce qu'ils s'éloignent pour aller manger. Mais les deux hommes restèrent plantés devant la tablée d'adolescentes.

« Alors les filles, ça boume ? Qu'est-ce que vous faites de beau par ici ? »

Sonia regarda ses camarades. Seule Solène semblait interloquée, une réponse peu assurée coincée dans la gorge. Le reste des filles gardait le visage fermé sur un silence résigné.

« On est sorties faire les boutiques entre copines ? » encouragea son collègue.

Aucune réponse. Les adolescentes restèrent muettes. Soudain, la patronne jaillit hors de sa salle et adressa un geste énervé aux deux clients.

« Déguerpissez maintenant, vous ! »

Ils tournèrent aussitôt les talons et s'éloignèrent, l'air abattu. Satisfaite, la commerçante regagna son comptoir. Domitille adressa un sourire en coin à la mine sidérée de Sonia.

« La tête que tu fais ma pauvre, dit-elle. Tu ne pouvais pas deviner, c'est vrai. Ça fait toujours bizarre aux nouvelles au début.
- Deviner quoi ?
- Qu'ici c'est pas vraiment la zone des Prés Verts mais plutôt la zone des *pervers* ! »

Les anciennes élèves s'esclaffèrent, puis se détendirent.

« Enfin, nous, c'est comme ça qu'on l'appelle, affirma Alix.
- A ce point ? s'enquit Sonia.
- Oh oui ... à ce point.
- C'est surtout pour ça qu'on n'a pas le droit de sortir seules, ajouta Jordane.
- Pour éviter les mauvaises rencontres, dit Griselda.
- Parce qu'il y en a déjà eu ? ... Des mauvaises rencontres, je veux dire ? »

Les filles se turent, laissant par réflexe la parole à Alix.

« Tu vois qui c'est Capucine, dans notre classe ? »

Sonia réfléchit un instant. Elle visualisa la jeune fille en question. Une adolescente très éteinte qui ne semblait jamais prononcer le moindre mot, comme si elle n'avait pas de voix. Elle était présente sans l'être, les yeux éteints, l'air apeuré, parfois. Une drôle d'impression que donnaient certaines filles d'autres classes que Sonia ne connaissait pas. Le genre d'élève qui rase les murs durant toute sa scolarité. Il y en avait simplement plus ici qu'ailleurs, sans doute en raison de la proximité immédiate de tortionnaires telles qu'Alix et sa bande.

« Oui, je vois qui est Capucine. Qu'est-ce qu'il s'est passé ?
- Il s'est passé qu'en Sixième, elle est sortie seule sans permission.
- Elle a fugué ?
- Pas vraiment. Peut-être. Elle a dit que non, qu'elle voulait juste aller se promener un peu mais bon on s'en fout c'était juste une gamine, ça peut arriver.
- Et donc ?
- Donc, elle est restée un moment dehors. La directrice a pas mal paniqué, les parents et tout. Elle a fini par revenir d'elle-même deux jours après.
- Elle était où pendant tout ce temps ?
- On ne sait pas. Elle n'a pas voulu le dire. On sait qu'il s'est passé quelque chose de grave parce qu'après ça elle a complètement changé. Avant elle était marrante, elle mettait toujours l'ambiance. Mais après ça, on l'a plus jamais entendue.

- Mais qu'est-ce qu'il a pu se passer ?
- Impossible de le savoir. Tu peux essayer de lui demander, comme nous depuis des années. Ça fait longtemps qu'on a laissé tomber. Elle ne veut pas raconter ce qu'il lui est arrivé. »

A ces mots, Sonia sentit sa bouche s'assécher.

« Bon, on se met en route, c'est l'heure », annonça Griselda.

*

Cet après-midi-là, Sonia fut presque heureuse de rentrer au pensionnat. Une émotion qu'elle n'avait à aucun moment envisagé de ressentir un jour.

CHAPITRE 9

Elle glissait dans l'eau chlorée, les brasses dénouaient les muscles de ses épaules. A mesure des longueurs, elle sentait toute tension la quitter. Sonia avait proposé aux filles d'aller nager pour se rafraichir après leur excursion mais elles avaient préféré profiter des derniers rayons de soleil dans la cour.

« Ici l'automne arrive trop vite, il faut en profiter » avait professé Domitille en offrant son beau visage halé au ciel.

Sonia était descendue seule à la piscine au premier sous-sol. La pièce sombre était déserte, les murs aveugles recouverts de vitres floues, enduites de buée. L'eau était agréablement tiède. Elle nageait, concentrée sur ses mouvements.

Peu à peu, cependant, un sentiment persistant qu'elle ne parvenait pas à définir s'empara de son esprit au fil des allers-retours. Une sorte crainte dont elle ignorait la cause, mais qui grossissait à mesure qu'elle s'évertuait à l'ignorer. *C'est dans ta tête. Il ne se passe rien. Qu'est-ce qu'il t'arrive ?* Elle nageait seule. C'était là toute la situation. Rien de plus, ni de moins qu'elle seule évoluant dans le bassin. *C'est peut-être ça, le truc.* Elle se cabra, d'un coup, rompit la belle harmonie de ses gestes et se mit à battre des jambes à la verticale pour garder la tête hors de l'eau. C'était cela, le *truc*.

Elle ne se sentait pas seule.

Elle avait la nette impression, pourtant irrationnelle, d'être épiée. Cela ressemblait aux fabulations de sa mère quand elle était enfant, qui lui avait fait croire entre autres inepties qu'elle avait un troisième œil derrière la tête pour surveiller Sonia. *C'est ridicule, c'est une histoire pour les gosses. Il n'y a personne ici. Personne. Tu débloques ma vieille.*

Peu sûre d'elle, elle plongea la tête sous l'eau. Longtemps. Jusqu'à ce que l'air lui manque. Elle finit par rejaillir à la surface. Calmée, elle nagea jusqu'au rebord et se hissa hors de l'eau. Une fois debout, en maillot de bain sur le carrelage mouillé, elle reprit contact avec la réalité.

Conneries...

*

Elle finit de se rhabiller dans le vestiaire désert et frictionna ses cheveux humides. Elle était désormais si persuadée d'être seule qu'elle alluma une cigarette. Elle se plaça au-dessus d'un grand lavabo qui lui servit de cendrier géant et observa la pièce rendue étouffante par l'humidité. Ces vestiaires ressemblaient à ceux de la piscine municipale où elle avait ses habitudes, mais en plus vétuste. Les miroirs lisses et la propreté du carrelage servaient ici de cache-misère. Un instant, Sonia laissa sa cigarette en suspens. Des traces de pas qui n'étaient pas les siens s'étalaient sur le sol. Des pas mouillés en forme de palmes qui cheminaient le long des vestiaires. *Qui est venu nager avec des palmes ? Mais surtout QUI marche avec des palmes aux pieds ?* Elle leva les yeux au ciel et eut un rire nerveux. *Sûrement une gamine de Sixième.* Elle-même avait déjà pris le bus en combinaison d'escrime, casque sur la tête et épée au vent, quand elle avait onze ans, sans voir où était le problème. *On n'est pas toujours très loin de la débilité profonde à cet âge-là.*

Puis elle sursauta. La fumée qu'elle venait d'aspirer se bloqua à l'intérieur de ses poumons. Dans sa frayeur, sa hanche vient heurter le coin du lavabo. Face à elle, serpillère à la main, Monsieur Bichot venait de la prendre en flagrant délit.

L'homme à tout faire, âgé d'une soixantaine d'années, semblait dérouté par sa propre frayeur. Il avait brièvement plaqué sa main rugueuse contre son cœur. Sa courte silhouette trapue soudain figée et ses yeux bleu clair agrandis par la surprise. Une veine enflait sur le côté de son front, faisant palpiter un gros grain de beauté.

Très vite, Sonia laissa tomber son mégot dans le lavabo. Il s'éteignait avec un bruit mouillé. C'était trop tard. Il l'avait vue fumer. Dans l'enceinte même de l'établissement, ce qui aggravait considérablement son cas. Elle se voyait déjà propulsée dans le bureau de Madame Fabre, dans l'attente de son sort. Ses parents seraient prévenus. Ils ne savaient pas qu'elle fumait. Cela promettait d'être joyeux.

« Je suis désolée, euh ... »

Elle se retint in extremis. Dans son état d'angoisse, elle avait oublié le nom de Monsieur Bichot. Les élèves ne le prononçaient jamais car elles le surnommaient *l'Esclave*. Elle avait failli l'appeler comme ça sans faire exprès.

« Je suis désolée, Monsieur. Je savais que c'était interdit. Je n'aurais pas dû ».

Elle attendit le verdict. Elle s'attendait à tout. Mais pas à ce que l'homme face à elle se mette à rire. Un rire qui n'avait rien de l'hilarité sardonique avant d'infliger une punition mais qui avait l'air de venir du cœur. L'homme à tout faire gratta ses drôles de cheveux épais comme du foin et rajusta sa casquette usée par-dessus.

« Ce n'est pas grave, allez. Je ne dirai rien à Madame Jouannot pour cette fois. Mais tout de même, je compte sur vous pour ne pas recommencer, n'est-ce pas ?
- C'est promis. Vraiment. Merci beaucoup Monsieur ... Monsieur.
- Très bien, très bien. Bon, vous avez fini votre bazar par ici ? Je peux passer la serpillère ?
- Oui, bien sûr. »

Sans parvenir encore à croire à sa chance, Sonia récupéra ses affaires sur le banc et le remercia une dernière fois.

En s'éloignant, finalement soulagée, elle se fit la réflexion qu'il était avantageux qu'il y ait eu au moins un homme dans cet établissement. Même s'il était la personne à y avoir le moins de pouvoir. Dans son ancien lycée, lorsqu'elle dépassait les bornes, elle avait coutume de soudoyer l'indulgence des surveillants scrupuleux avec des yeux de chiens battus. Cela fonctionnait à coup sûr. Et cela n'avait aucune chance de marcher ici.

*

A vingt-trois heures dans son lit ce soir-là, après une projection des *Temps Modernes* dans l'amphithéâtre, elle songeait à la soirée qu'elle avait manquée à Paris. Elle aurait tout donné pour être chez elle, même si elle avait dû être privée de sorties du samedi. Cela arrivait souvent, ce n'était pas si grave. Ses parents traversaient le périphérique pour sortir dîner en amoureux et elle regardait la télévision toute la soirée avec le chat sur les genoux. Elle téléphonait à une copine consignée au même sort qu'elle durant les coupures de publicités. Vers la fin des programmes, ses parents rentraient à la maison. Même s'ils ne communiquaient pas avec elle, ou mal, ils étaient quand même présents. Elle n'était pas seule. Ce n'était pas si terrible. *J'aurais préféré rester punie toute l'année que d'être coincée dans ce trou.*

Alix avait raison. Je ne suis rien, ici. En ces lieux, elle n'avait d'autre choix que de subir le bon vouloir des autres. Elle n'avait de prise sur rien. Elle n'avait ni ami, ni aura, ni pouvoir et constata par conséquent qu'elle n'avait jamais pris conscience qu'elle avait possédé tout cela avant d'atterrir ici.

Qu'est-ce que ça aurait changé ? Pensa-t-elle en s'endormant. *Rien. Mais c'est quand même stylé.*

*

Elle ouvrit grand les yeux dans le noir. Le réveil indiquait deux heures du matin. Il y eut une série de frottements, comme des pas trainants. Rien ne bougeait dans la pénombre. Elle tapa sur l'interrupteur et l'éclairage irradia la pièce. Il n'y avait rien d'anormal. Elle avait dû rêver. Aucun de ces bruits n'auraient pu provenir des chambres d'à côté. *Les murs sont trop épais pour entendre respirer au travers.* Elle se leva, étourdie. Au même moment, elle entendit des pas s'éloigner. *Ça je l'ai bien entendu, je suis pas folle.* Elle sortit dans le couloir où la lumière restait allumée toute la nuit pour les élèves qui avaient besoin de se rendre aux toilettes. Elle s'y faufila pied nus. Elle n'aperçut rien d'autre que son reflet hagard en chemise de nuit.

C'est dingue ! J'étais sûre d'avoir entendu quelqu'un marcher !

Elle revint sur ses pas, referma la porte de sa chambre et éteignit la lumière. Rien. Plus un son. Réveillée pour de bon, elle se dirigea vers la fenêtre où un croissant de lune dégagée semblait tenir en équilibre au sommet des montages toutes proches.

Lorsque son regard s'aventura en contrebas, Sonia recula d'un pas.

Un homme stagnait sous un réverbère, devant le grillage. Il avait levé la tête, comme s'il l'avait vue le surprendre depuis la pénombre de sa chambre. Il avait levé la tête *vers elle*, vers sa fenêtre parmi des centaines d'autres. Il lui avait adressé un petit signe de la main. Sonia claqua des dents.
Puis un camion passa lentement, en grondant. Il dissimula le rôdeur le temps de son passage. Lorsqu'il fut passé, l'homme avait disparu avec lui.

CHAPITRE 10

Il faisait déjà presque nuit en fin d'après-midi. Sonia lança un œil mélancolique à la fenêtre pluvieuse de la bibliothèque puis relut la dernière lettre de Vanessa. Régulière à son entrée aux Prés Verts, leur correspondance s'était vite tarie. Elle était passée de deux longues lettres détaillées par semaine en septembre à une par semaine en octobre, déjà moins bavardes. La dernière datait déjà de début novembre. Quant à Elodie, elle n'en avait reçu que deux cartes plus que succinctes, la correspondance écrite n'étant clairement pas sa tasse de thé. Elle recevait néanmoins, presque chaque semaine, des cartes de ses parents et grands-parents qui répétaient à peu de choses près les mêmes phrases en boucle.

Elle se concentra, fit rapidement abstraction des filles qui bavardaient trop fort deux tables plus loin. Elle commençait à avoir l'habitude de focaliser son esprit malgré le bruit, chose encore impossible quelques semaines auparavant.

Les Prés Verts, le dimanche 1er décembre 1991

Ma Vanessa,

J'espère que tu vas bien et que tu as passé de bonnes vacances. Comme je t'en avais parlé, je n'ai malheureusement pas pu rentrer pour la

Toussaint parce que mes résultats étaient, soi-disant, « peu satisfaisant », alors que j'ai la moyenne partout à part en physique, c'était jamais arrivé avant !! Mais apparemment ça ne leur suffit pas pour me laisser rentrer chez moi. Pire qu'une prison, je te jure.

Mais bon, j'ai amélioré mes notes depuis ça, et la principale m'a dit hier que c'était bien, et que j'aurai mes vacances de Noël sûr ! Ouf… Du coup, je ne fais que travailler et rien d'autre à part nager un peu à la piscine de temps en temps. Il n'y a rien à faire dans cette taule qui pue le moisi. Maintenant qu'il fait un froid de chien, le peu de sorties scolaires chiantes qu'on pouvait faire le samedi sont terminées, on reste cloîtrées ici.

Parce que là-bas c'est pas le même hiver qu'à Paris. Il fait nuit super tôt, et dehors il vaut mieux pas être frileuse : je me gèle tous les jours pendant la récré. Bref ma vie est d'une tristesse infinie. Je me suis habituée à cet endroit mais je me sens très seule. Je suis entourée de nanas avec qui je ne partage rien. Aucune complicité, zéro point commun. Heureusement, le soir j'écoute la radio en cachette avec le Walkman. Ça grésille pas mal, la réception est mauvaise, mais c'est ma seule évasion. La seule preuve que le monde extérieur existe encore !

Voilà pour moi. Rien d'extraordinaire.
Et toi ? Raconte-moi tout ! Et vite !

Gros bisous.

Sonia

PS : Tu m'as demandé dans ta dernière lettre si c'était moi qui mettais du scotch sur mes enveloppes, mais pas du tout !! Du coup, connaissant tes parents c'est dur à croire mais je pense qu'ils doivent peut-être lire ton courrier en cachette, même si je trouve ça archi-bizarre. De toute façon, ici c'est pas vraiment Hollywood, c'est pas non plus la fin du monde s'ils voient à quel point ce que je raconte dans mes lettres manque de croustillant. Bonjour au passage, Daniel et Stéphanie si vous lisez ceci !

Elle scella l'enveloppe avec soin et replongea dans ses exercices d'anglais. Elle n'était pas obligée de les faire aujourd'hui mais elle voulait prendre de l'avance. Mettre toutes les chances de son côté pour bénéficier de toutes ses prochaines vacances, sans un jour de moins.

Elle sentit une odeur désagréable flotter et, imperturbable, fronça les sourcils sur ses verbes irréguliers.

« Sonia, tu as un taille-crayon à me prêter ? »

Elle dévisagea Chloée, la propriétaire de cette odeur épouvantable. Sa camarade avait cessé de se laver depuis quelques temps et avait déjà essuyé un certain nombre de moqueries, et de remontrances dues à l'obsession de la direction concernant l'hygiène. Ses cheveux très courts étaient luisants, figés par le sébum. Ses dents si blanches étaient depuis peu recouvertes d'une épaisse croute de tartre. *La vache ! Mais*

DEPUIS QUAND elle ne s'est pas lavée !? Elle puait tellement que Sonia voulait qu'elle déguerpisse au plus vite.

« Je n'en ai pas sur moi, désolée.
- Mais si, regarde, j'en vois un là. »

Chloée désigna la trousse béante de Sonia d'un index noir de crasse. La mort dans l'âme, la jeune fille sortit l'objet qu'elle poussa un plus loin sur la table comme un jeton de poker afin que leurs doigts ne se touchent pas. Elle fut tentée de lui demander de s'en servir un peu plus loin mais se ravisa. Si l'odeur était insupportable, Sonia n'était pas capable d'autant de bassesses ni de méchanceté que les autres harpies de la classe. Elle se contenta de rester en apnée tandis que Chloée mit ce qui lui semblait environ cinquante million d'années à tailler son foutu crayon. Une nausée grandissante lui soulevait l'œsophage.

Lorsqu'à son soulagement infini, Chloée examina d'un air satisfait la mine parfaitement acérée, Sonia pâlit. *Oh ... non, pitié non ...*

Alignés comme en salle d'attente, Chloée avait encore une rangée de quatre crayons sans mine dans sa poche.

CHAPITRE 11

Elle n'avait pas vu l'heure filer. Elle referma ses manuels et quitta la salle d'études où elle était revenue travailler après le dîner. Le reste des filles avait déjà déserté les lieux depuis un moment, ce qui lui avait permis de refermer la fenêtre après le départ de Chloée qui sentait encore plus mauvais que la veille. La pièce avait eu vite fait de devenir glaciale à cause du vent.

Elle remonta les escaliers gris de la cage déserte. Elle avait désormais l'habitude de remonter les onze étages d'un coup sans s'essouffler ou presque. Elle plaignait les élèves de Terminale qui avaient encore deux étages de plus à gravir avec des sacs beaucoup plus lourds que le sien. Au-dessus des Terminales, à partir du quatorzième étage, se trouvaient les chambres du personnel interne, professeurs et autres, qui n'avaient pas, elles, à s'infliger la montée, les adultes de l'établissement ayant accès à l'ascenseur.

La bataille de Sonia était de s'éviter d'avoir à gravir un étage de plus chaque année. Dans leur dernière carte reçue ce matin-là, ses parents lui promettaient que si elle travaillait bien cette année, si elle obtenait *d'excellents résultats*, plus précisément, elle pourrait réintégrer son lycée de la Garenne-Colombes pour son entrée en Première. Ils étaient d'accord. Elle avait sauté de joie en lisant ces mots. Dès lors, elle s'était juré de travailler comme une damnée. Cela l'empêcherait de penser pour le reste de l'année. Et la chose ne paraissait pas insurmontable. Elle n'avait pas d'amis ici. Pas d'amis, pas de distraction. De la discipline.

Et l'an prochain, je rentre à la maison.

Elle accéléra le pas sur les dernières marches. Il se passait quelque chose d'anormal à son étage. Elle entendit des hurlements. Pas le chahut habituel. De la terreur pure. Elle laissa tomber son sac sur le palier et se précipita dans le couloir.

Elle sentit son sang se glacer lorsqu'elle parvint au le seuil de la salle de bains.

Sous la supervision de Mademoiselle Hillgate, Marianne, Griselda et deux autres élèves maintenaient les poignets et les jambes de Chloée qui se débattait tout habillée contre le mur de la douche. Elles la faisaient monter de force dans la cabine.

« ARRETEZ !! suppliait-elle. J'AIME PAS L'EAU ICI !! »

Toute la classe assistait au spectacle, entre stupeur et délectation.

« Allez-y, Mesdemoiselles », ordonna la surveillante.

Comme une chorégraphie, trois autres élèves s'approchèrent et saisirent des pommeaux de douche. Elles se concertèrent du regard et envoyèrent les jets au maximum de leur puissance sur la victime horrifiée. Il y eut des applaudissements, des cris d'encouragement. Seule Mademoiselle Hillgate conservait une mine impassible. Ni pitié ni satisfaction.

Chloée fut violemment aspergée par des jets simultanées dont les températures avaient été poussées aux extrêmes. Elle recevait de l'eau bouillante en même temps que l'eau glacée. La vapeur envahit bientôt toute la pièce. Chloée hurlait si fort que Sonia dut plaquer ses mains contre ses oreilles. Et l'eau s'engouffrait dans la bouche tordue de douleur de l'adolescente, lui faisant avaler de travers. Elle toussait, hurlait, pleurait, continuait de se débattre en vain, étroitement empoignée par ses camarades.

Puis, de loin, on déboucha les gels douche et les flacons de shampoings comme le Champagne un soir de fête. Les filles s'évertuèrent à viser les yeux. Le public resté passif, béat, contempla le spectacle autour de la surveillante qui, enfin, eut une réaction. Un sourire satisfait.

Au milieu de ce chaos, Sonia sentit d'un coup les cloisons vibrer, tremblant comme si un troupeau de chevaux courrait à l'intérieur des murs du bâtiment. La tête lui tournait. Le sol se dérobait à ses pieds. Ce n'était pas elle que l'on torturait sous la douche, mais c'en était plus qu'elle ne pouvait supporter.

Elle regagna sa chambre, hagarde, et alla s'effondrer sur son lit toute habillée. Elle ferma fort les yeux en s'imaginant ailleurs.

N'importe où sauf ici.

CHAPITRE 12

Elle sentait l'atmosphère devenir électrique à mesure qu'elle descendait l'escalier. Elle avait dormi d'un sommeil de plomb, malgré ou à cause du spectacle mortifère de la veille. Dormir avait été salvateur mais le réveil avec le souvenir d'hier avait été pénible. Elle ignorait si la tension qu'elle ressentait avait à voir avec ce qu'il s'était passé à leur étage mais elle sentait que cela était beaucoup plus vaste.

Une odeur d'humidité plus forte que d'habitude l'accompagnait, marche après marche. D'habitude, c'était l'inverse. L'odeur étrange venait en montant. Et au bout d'un moment, à force, on ne la sentait presque plus, comme son propre parfum sur la peau. Mais ce matin-là, c'était différent. Sonia avait l'impression de descendre vers un marécage, des eaux stagnantes.

Ce fut lorsqu'elle arriva dans le hall qu'elle comprit.

La galerie était inondée. Des flaques d'eau géantes s'étalaient partout sur le carrelage. Tout le monde piétinait dedans, la rendant boueuse. Une immense fuite qui avait dû infiltrer les étages et s'étaler sur tout le rez-de-chaussée.

Madame Fabre et Madame Jouannot aboyaient sur tous les membres du personnel qui courait en tous sens, affolés, seaux et serpillères à la main. C'était la première fois que Sonia sentait les deux femmes sur le point de perdre leurs nerfs. *Peut-être qu'elles sont humaines, après tout.*

Une jeune cantinière tirait Madame Jouannot par la manche.

« Quoi !? Vous ne voyez pas que ce n'est pas le moment ?
- Excusez-moi, Madame Jouannot, mais je ne pense pas que Monsieur Bichot suffira à lui seul à colmater la fuite. Je ne pense pas qu'il soit utile de le faire revenir pendant son jour de congé. C'est un grosse fuite.
- Qu'est-ce que vous y connaissez, vous !?
- Mon père était plombier.
- Et alors ?
- Et alors il faudrait faire appel à un plombier professionnel. Au moins pour aider Monsieur Bichot. Il n'y arrivera pas tout seul. Ou il mettra trop de temps. Et plus on attend, plus il y aura de dégâts.
- Bon, retournez à vos cuisines, je ne vous ai pas demandé votre avis, si ?
- Non, Madame.
- Monsieur Bichot est le plus habilité à réparer la fuite. Il connait les canalisations d'ici mieux que personne et il est le plus à même de les réparer. Alors mêlez-vous de vos affaires, c'est clair ?
- Oui, Madame. Excusez-moi. »

La pauvre employée s'éloigna la tête basse en direction du réfectoire alors que l'homme dont il était question arrivait en catastrophe.

Si les directrices gardaient leur sang-froid à grand-peine, l'Esclave avait l'air réellement paniqué.

« Bon, il n'y a rien à voir ici ! aboya Madame Fabre. Toute le monde sans sa classe ! Tout de suite ! »

Une nuée d'adolescents obtempéra et un cri surgit du cœur du mouvement de foule. Les élèves s'écartèrent. Une fille de Quatrième gisait dans une flaque, se tordait de douleur en se tenant le genou. Monsieur Bichot se précipita sur la jeune fille, suivi de l'infirmière qui laissa tomber les seaux qu'elle transportait. Tous deux s'agenouillèrent devant l'accidentée pour estimer les dégâts.

Un cercle de curiosité s'était formé autour de la victime. L'infirmière posait des questions à la fille qui geignait par monosyllabes que Monsieur Bichot tentait de traduire en langage compréhensible. Il releva ses manches qu'il venait de tremper dans la flaque en s'agenouillant vers la jeune fille. Sonia écarquilla les yeux. L'homme à tout faire portait ce qui ressemblait à une énorme Rolex en or au poignet. *C'est sûrement une fausse. Mais quand même …* Cela était bien trop anachronique par rapport au personnage pour ne pas laisser la jeune fille perplexe.

« Rien de très grave, c'est une foulure, annonça l'infirmière. Il faut une ambulance.

- Toutes mes élèves en classe immédiatement ! » ajouta sans aucun rapport la professeure de français hystérique de Sonia apparue en haut des marches.

Il était préférable d'obéir sans faire mine de trainer.

Sonia jeta un dernier regard derrière elle. L'infirmière tenait gentiment la main de la blessée en prononçant des paroles apaisantes le temps que les secours arrivent. L'homme à tout faire se releva. Très discrètement, il prit soin de dissimuler sa montre sous le revers de sa chemise.

CHAPITRE 13

L'émission de radio grésillait dans ses oreilles. Par intermittence, l'adolescente anonyme qui racontait par téléphone son calvaire amoureux aux deux animateurs était entrecoupée de parasites, de fragments d'autres ondes. Lorsque Sonia reprenait le fil de la discussion, elle en avait manqué l'essentiel. Elle posa le Walkman sur la table de chevet pour s'allonger sur le lit, la réception devint impeccable.

Satisfaite, elle laissa lourdement retomber sa tête sur l'oreiller. Elle était épuisée par l'hystérie ambiante de cette journée. La fuite avait causé autant de dégâts sur les murs que sur les nerfs du personnel et de la direction.

Depuis sa douche forcée, Chloée n'avait cessé de pleurnicher et de renifler tout au long de la journée. La professeure de français l'avait maintes fois menacée de la faire sortir de son cours si elle refusait de se calmer. Ainsi, Chloée avait été sommée de quitter la classe, à chaque cours de la journée.

Les enseignantes s'étaient montrées plus sévères encore que d'habitude, les surveillantes, préoccupées et intransigeantes. Chacune agissant comme si l'inondation avait eu lieu en leur propre domicile et ravagé leurs meubles de famille. Fort heureusement, la fuite avait été colmatée en début d'après-midi, et le reste épongé avant le dîner. Le calme était revenu. Et la fille qui s'était blessée aussi, claudiquant sur deux béquilles.

Tout était rentré dans l'ordre. Demain, une nouvelle longue et ennuyeuse journée commencerait, et Sonia rêva aux vacances de Noël. *Dans seize jours exactement. Plus que seize jours à tirer.* Elle ferma les yeux. Elle vit le sapin géant chez ses parents. Les Champs-Elysées illuminés à la sortie du cinéma. Les promenades froides et les soirées télé, ses amis retrouvés, de la nourriture digne de ce nom et des bains moussants.

Elle rouvrit les yeux et poussa un cri, recula par réflexe plus loin sur son lit. Une silhouette se découpait dans le noir devant sa porte refermée. Sonia arracha les écouteurs de ses oreilles et la lumière blafarde fut allumée par une autre main que la sienne.

C'était Chloée. Elle était en chemise de nuit. La jeune fille suffoquait, les yeux rouges, exorbités par l'angoisse. Sonia reprit ses esprits. *Ah non ça va pas être possible ! Je vais pas servir de bureau des pleurs à toutes les filles du pensionnat !* Devant elle, Chloée continuait de sangloter, prises de frissons incontrôlables. *J'ai vraiment pas de chance.* Il allait falloir déployer des trésors de paroles réconfortantes assez convaincantes qu'elle n'avait aucun désir de prononcer avant de s'en débarrasser.

« Bon, qu'est-ce qu'il y a Chloée ? fit-elle, sèchement.
- Il faut que ... »

La voix rauque s'interrompit par de nouveaux pleurs. Sonia perdait patience.
« Dis-moi ! Il faut quoi !?
- Il faut que je te montre quelque chose.
- Quoi !?
- C'est ... c'est à cause de l'eau.
- Alors montre, mais dépêche ! Je suis crevée. »

Sonia se cala dos au mur, croisa les bras et attendit. De gestes tremblants, Chloée releva sa chemise de nuit jusqu'à sa poitrine. Sonia perdit de son assurance. A mesure que le tissu remontait, ses yeux s'agrandirent d'effroi.

Chloée tenait l'ourlet de sa chemise de nuit au-dessous de son menton, elle suffoquait de nouveau, l'air affolé, attendant un verdict. Des paroles rassurantes. Quelque chose.

Sonia crispa tout son corps, respira très fort, blême, luttant pour ne pas s'évanouir. Le corps de Chloée était constellé de grandes tâches où la peau avait viré de couleur et d'aspect. Sur son ventre, ses côtes et ses jambes, la peau était devenue verte et luisante par endroits, où elle paraissait aussi dure que de la peau de crocodile. De sa culotte en coton trop grande jaillissaient trois sillons, comme de profondes griffures qui remontaient sur son flanc, comme si une main de monstre avait voulu ouvrir son corps. La peau semblait fendue le long de ces trois marques, sans saigner. Comme si cela faisait partie d'elle.

Sonia sentait le contenu de son estomac remonter dans sa gorge. Elle tenta de respirer lentement, les yeux rivés à l'horreur que lui montrait Chloée. Celle-ci la fixait d'un regard effrayé, suppliant. Elle attendait qu'elle lui dise que ce n'était pas grave, que ça arrivait à tout le monde, que ça allait partir comme c'était venu. Sonia chercha, essaya de se concentrer, de trouver quelque chose à dire mais rien ne vint. *Ressaisis-toi quand même ! Aide là, merde ! Fais quelque chose d'utile !*

Elle eut tout le mal du monde à dissimuler son malaise. A faire comme si tout allait bien. Elle se leva calmement du lit.

« Ok, dit-elle. Je vais t'emmener à l'infirmerie. »

Chloée souffla comme si Sonia avait déjà réglé une partie du problème. Elle marcha à côté d'elle dans le couloir, d'un pas lent, maladif.

« Ça va aller ?
- Oui... merci. »

Une ombre les attendait au troisième tournant du couloir, immobile comme une statue.

« Vous compter aller où toutes les deux à une heure pareille ? » demanda la surveillante.

« Encore VOUS ! » ajouta-t-elle en regardant Chloée qui se remit à pleurer.
- Je l'accompagne à l'infirmerie, déclara Sonia avec tout le tact possible.
- En quel honneur ? »

En quel honneur ? Mais elle est parfaitement conne celle-là ! L'infirmerie un honneur !? Elle ravala sa colère comme elle le put.

« Chloée ne va pas bien du tout. Elle a un genre d'allergie grave, elle m'a montré. Elle a des plaques partout. »

La malade adressa un regard effrayé à Mademoiselle Hillgate qui examinait son visage pour juger son cas.

« Bien, conclut-elle. Je vais l'accompagner à l'infirmerie moi-même. Vous n'avez pas à vous promener dans les couloirs. Retournez dans votre chambre. »

La surveillante posa une main sur épaule de l'élève qui geignait et la guida en direction de l'ascenseur.

*

Elle transpirait, blottie dans son lit. Elle aurait voulu revenir en arrière. L'image du corps monstrueux de Chloée allait la poursuivre dans ses cauchemars. Elle aurait donné n'importe quoi pour effacer de sa mémoire ce qu'elle venait de voir.

CHAPITRE 14

Elle se rendit au rez-de-chaussée à l'heure du déjeuner. Elle voulait voir comment allait Chloée qui n'était pas venue en cours de la matinée, sans que cela n'émeuve le moins du monde le reste de ses camarades. Sonia ne leur avait rien raconté. Elle savait qu'elles s'en seraient probablement réjouies. La cerise sur le gâteau de ce qu'elles lui avaient fait subir deux soirs plus tôt.

Elle poussa timidement la porte de l'infirmerie. L'infirmière n'était pas dans la pièce. Sur l'un des trois lits de camp pour les cas d'urgence était assise une gamine qui devait être en Sixième. Elle balançait ses jambes dans le vide après s'être fait poser un pansement sur le mollet.

« Tu t'appelles comment ? fit la gamine.
- Elle est où l'infirmière ?
- Je sais pas. T'es malade ?
- Non. Je cherche quelqu'un.
- Moi je me suis coupée. Tu veux que je te montre ?
- Non merci. Tu es toute seule ici ? Tu n'as pas vu une autre fille par hasard ? Une fille de mon âge ?
- T'as quel âge ?
- Seize ans.
- Classe. T'as eu tes règles alors.
- Quoi !? Bon, tu sais où est l'infirmière ?
- Elle va revenir. T'as qu'à l'attendre. »

Elle s'assit sur le lit de camp opposé, de mauvaise humeur. La petite fille pointa sa chevelure du doigt.

« Roux c'est ta vraie couleur de cheveux ?
- Ouais.
- Mon père il a une femme rousse qui travaille avec lui au magasin. Ma mère dit que c'est une pute.
- Ah ...
- Il parait que les roux ça pue aussi ...
- Bon ça suffit ! Fous moi la paix maintenant !
- Mais c'est vrai c'est une jolie couleur. Moi j'aime bien le vert. Ici, cet endroit est vert. Je vois du vert partout. C'est quoi toi ta couleur préférée ?
- Merde. »

Elle laissa l'enfant la bombarder de questions aussi absurdes qu'hétéroclites jusqu'à ce que la porte s'ouvre au moment où Sonia pensait repartir. Elle se leva d'un bond sous l'œil intrigué de l'infirmière.

« Oui ?
- Bonjour Madame, je venais prendre des nouvelles de Chloée, elle est en Seconde avec moi. Elle est descendue ici hier soir pour un genre de grosse allergie. Elle n'est pas là ?
- Oui, je vois. Non, elle n'est pas là.
- D'accord, mais elle est où ? Elle va bien au moins ? »

Elle savait qu'elle était à la limite de l'insolence et qu'elle risquait d'être sanctionnée. Mais son interlocutrice lui sourit gentiment.

« Elle va bien. Elle a été examinée par un médecin cette nuit. Ses parents sont venus la chercher ce matin. Elle va rester en convalescence chez elle. Elle reviendra quand elle sera rétablie.
- D'accord, fit Sonia, soulagée. Heureuse de savoir qu'elle va s'en sortir.
- Autre chose ? »

Elle remercia l'infirmière et sortit en direction du réfectoire, où un déjeuner fade l'attendait.

CHAPITRE 15

Comme chaque vendredi après-midi après l'étude, Sonia entama le week-end par quelques brasses dans la piscine. Ce jour-là, Béatrice était venue nager avec elle. Sonia appréciait sa compagnie. Elle n'aimait pas venir nager seule ici sans vraiment s'expliquer pourquoi. Et Béatrice était calme, une de ces filles transparentes qui ne faisait jamais de vagues. Au fond, nager avec Béatrice, c'était comme nager toute seule, à cela près qu'elle ne l'était pas. Et cela la rassurait.

Béatrice ressortit de l'eau après seulement une vingtaine de longueurs et regagna les vestiaires. Elle se lassait vite. Sonia continua à nager puis fit une pause, agrippée au rebord. Elle échangea un petit signe de la main avec Béatrice qui retraversa la pièce rhabillée avec ses chaussures à la main. La jeune fille disparut derrière la porte battante. Sonia se pinça le nez et replongea sous l'eau.

Elle nagea longtemps sous la surface, savourant sa victoire dans un bain de chlore. En début d'après-midi, elle avait reçu un très bon bulletin de notes. Elle avait travaillé dur, bien sûr, mais elle remarquait que les choses devenaient plus faciles. Elle avait la sensation de mieux absorber ce qu'elle devait apprendre, qu'elle avait moins d'efforts à fournir pour réfléchir lorsqu'elle se trouvait face à un problème ou une synthèse à faire. Elle n'avait jamais connu cela auparavant.

Parce que j'avais jamais travaillé avant, c'est utile de le préciser quand même. Cette sensation d'apprentissage facile la transcendait, parfois. Elle se sentait comme un réacteur de fusée prête à décoller. *C'est pas si mal de travailler, finalement.*

Elle creva la surface et prit une grande inspiration, gonflant ses poumons d'air humide et tiède. Elle s'apprêtait à retourner sous l'eau et se ravisa. Il y avait un reflet sur le miroir mural. Un reflet sombre et sans contours, brouillé par la buée. Et qui semblait la regarder. Quelque chose clochait sur l'ombre immobile. Elle avait la forme d'un corps puissant à la tête ... difforme. On aurait dit une forme de tête d'animal, ou de dessin animé. La tête était enflée, disproportionnée. Et rien ne bougeait, pas un mouvement sur le reflet. Le clapotement de l'eau avait ralenti.

« Béatrice ? », appela-t-elle d'une voix mal assurée.

Mais Béatrice était bel et bien sortie. Elle avait passé la porte sous ses yeux. Elle se retourna, dans l'espoir de trouver la jeune fille réapparue par miracle. Ou peut-être y avait-il un tas de serviettes, un amoncellement qui donnait ce reflet au miroir. Mais le sol était débarrassé de tous les accessoires de natation. Et il n'y avait personne.

« Béatrice ! »

Lorsqu'elle se tourna de nouveau vers le mur, le reflet n'y était plus. Elle ressortit très vite de l'eau. Dans les vestiaires où elle avait failli glisser, elle enfila ses vêtements par-dessus son maillot trempé et sortit en courant presque, laissant des traces humides partout derrière elle.

CHAPITRE 16

Elle franchit la grille du pensionnat avec Domitille, Marianne et Solène en remerciant le ciel si froid d'avoir refilé le rhume à Alix qui n'avait pas pu se joindre à leur sortie au supermarché. Elle referma son anorak pour ne pas subir le même sort et vérifia la présence de son sac à dos vide, léger comme une plume sur son dos.

Le froid semblait avoir vidé les lieux depuis la dernière fois que Sonia s'était rendue dans la zone industrielle fin octobre. Quelques lumières étaient allumées dans les bureaux des usines le long des allées.

Par ce froid sec, elle aurait préféré rester lire près du radiateur de la bibliothèque, mais elle était bientôt à court de crème hydratante et avait de nouveau besoin de piles pour le baladeur qui sauvait ses soirées maussades.

Seules trois voitures étaient garées sur le grand parking de la place. Et le faible soleil se voilât de deux nuages épais. La façade éclairée du supermarché, aguicheuse, invitait à entrer dans la lumière.

« Rendez-vous dans la sandwicherie à seize heure trente maximum », annonça Marianne une fois à l'intérieur.

Et les filles se séparèrent.

*

Elle ressortit du marchand de journaux après avoir négocié l'entrée de trois paquets de cigarettes dans son sac plein à craquer. Elle le hissa avec peine sur son dos et entra dans la sandwicherie avec un quart d'heure d'avance.

« Bonjour », fit un jeune serveur en tablier sans lever les yeux.

Sonia commanda une bouteille d'Evian et alla s'installer à une table en Formica, faisant grincer sa chaise sur le carrelage. Elle sortit le dernier *Elle* de son sac et le feuilleta en attendant les filles.

Lorsqu'elle fut arrivée au troisième quart du magazine et de sa bouteille d'eau, elle jeta à œil à sa montre. Les filles étaient en retard de plus de dix minutes. *Qu'est-ce qu'elles sont chiantes ...* Sonia poursuivit sa lecture, contrariée. Elles allaient rentrer en retard et seraient forcément sanctionnées.

Lorsqu'elle referma le magazine, elle sentit son cœur faire un bond. Il était presque dix-sept heures. Elles étaient censées être rentrées dans cinq minutes au Prés Verts. Dans un éclair d'espoir, elle demanda l'heure au serveur. Il lui indiqua la même que celle de sa montre. *Bon, je les attends encore cinq minutes*, décida-t-elle, de plus en plus inquiète de ne voir personne arriver. Et au dehors, le jour était déjà tombé.

A dix-sept heures cinq, personne ne s'était montré à la sandwicherie. *Tant pis pour elles. Je vais devoir rentrer toute seule, quelle poisse !*

*

Elle quitta le parking et s'engagea dans l'allée par laquelle elles étaient venues. Elle n'avait jamais fait le chemin seule et n'était pas certaine de le connaître par cœur. Elle se contentait toujours de suivre les autres sans mémoriser l'itinéraire. *Mais c'est pas super compliqué, c'est tout droit et c'est tout. Il suffit de regarder la tour.* Il faisait déjà nuit noire. Et les étages supérieurs du bâtiment n'étaient pas allumés. *Tout le monde est dans le bâtiment bas à cette heure-là ! Qu'est-ce que tu t'imagines !?* Elle se concentra, tenta de se remémorer le chemin inverse vers la tour invisible. Elle avança d'un pas peu assuré dans les allées faiblement éclairées par de rares réverbères. Les quelques lumières allumées aux fenêtres des bâtiment un peu plus tôt étaient désormais éteintes. *Pas un chat ici ...* Les hangars étaient fermés, les grillages clos, les parkings plongés dans l'obscurité.

Un brouillard se formait au sol jusqu'à ses genoux. *Ce doit être à gauche, au bout de cette allée, et ...* Il y eut un bruit assourdissant. Un vrombissement de moteurs. Dans l'allée parallèle, à une trentaine de mètres, elle vit passer des mobylettes. Le bruit soudain avait fait s'emballer son cœur. Les conducteurs passèrent sans la voir. L'un deux regarda sur le côté et disparut. Un bolide avait ralenti. Il faisait désormais marche arrière. Sonia vit l'arrière du véhicule réapparaitre à l'angle du mur. Son propriétaire releva son casque. Trop surprise pour bouger, Sonia vit l'individu découvrir son visage. Elle sursauta lorsqu'elle le reconnut. C'était le rouquin aux dents sales, les traits écrasés par le casque, qui l'avait abordée en septembre derrière la grille de la cour.

Le garçon parut survolté et redémarra en hélant ses comparses qui s'étaient éloignés. Il les prévenait. *Il va les chercher.* Sans réfléchir, elle détala avec l'agilité d'un gibier dans la forêt. Elle entendit les deux-roues faire demi-tour plus loin, et leurs vrombissements se rapprocher. *Un petit moment avec nous, quoi,* se souvint-elle. Elle détalait à une vitesse jusqu'ici insoupçonnée, effrayée, se retenant de crier en même temps. Elle se planqua derrière une remise. Les sons étaient plus loin, à présent. Pourtant, elle les entendait l'appeler par-dessus les moteurs.

« Hey, Princesse !
- T'es où ma belle ?
- Montre toi ! »

Elle se plaquait si fort contre la tôle, espérant qu'ainsi elle se fondrait dans le mur, deviendrait invisible. Elle attendit, le cœur battant. Elle les entendait tourner, plus loin, plus près. C'était interminable.

« T'es où, petite ?
- T'es retournée au royaume ?
- Allez Princesse, fais pas ta pute quoi ! »

Une salve de rires lointains.

Peu à peu, lassées de leur manège vain, les mobylettes s'éloignèrent. Au bout d'une minute, elle ne les entendit plus du tout. Elle attendit encore, terrée dans sa cachette, avant de s'autoriser à respirer à grand bruit.

Elle ne se remit à marcher que lorsqu'elle fut certaine qu'ils se furent volatilisés. Elle veilla à ne faire aucun bruit et à se déplacer furtivement. Elle longea les murs et les clôtures de près. Elle mit quelques dizaines de mètres avant de se rendre compte qu'elle gémissait de peur depuis qu'elle avait recommencé à se déplacer. Elle imaginait. *Non.* Elle essayait de *ne pas* imaginer ce qu'il se serait passé si ces garçons avaient fini par la trouver tapie dans un recoin.

Au tournant suivant, elle poussa un soupir mêlé de larmes sèches. Elle voyait la tour, proche d'une centaine de mètres. Ses plus bas étages étaient tous allumés. *J'y suis. J'y suis presque. Je vais bientôt être au chaud, je vais ...*

Une main se referma sur son poignet.

Ce n'était pas un motard adolescent. C'était un homme, seul. Un homme de plus de soixante ans. Il riait, découvrant des dents manquantes au fond de sa mâchoire. Un vieil homme vêtu d'un grand manteau marron. Et *seulement* d'un manteau marron dont il écarta un pan de sa main libre. Il n'y avait aucun autre vêtement sous son manteau. Pas même un slip. Rien. Sonia poussa un hurlement.

Elle arracha son poignet de l'emprise de l'homme hilare et s'enfuit. Elle hurla tout au long de sa course. Elle savait que personne ne l'entendrait. Mais elle criait. Elle trébucha. Elle ne voulait pas se retourner. Elle hésita à abandonner son sac à dos trop lourd qui la retardait. Elle ne savait pas si l'homme était à ses trousses, elle ne voulait pas voir. Elle ne voulait pas *voir ça*. Elle entendait des bruits, derrière elle. Des bruits, de métaux, des sons de course se mélangeaient au sang qui fracassait ses tempes. Elle se releva, les mains écorchées par le bitume glacé, et se remit à courir.

Elle finit par tomber sur le grillage des Prés Verts. Elle fonça dessus. Elle aurait préféré le fendre que de devoir le contourner. Elle risqua un œil dans son dos.

Il n'y avait personne.

Essoufflée, elle ralentit, marcha le long de la clôture, expiant l'air de ses poumons brulants.

Elle referma le grillage derrière elle, suffocante.

Enfin, elle regagna le bâtiment.

CHAPITRE 17

Elle était attendue dans le hall. A leurs postures raides, Madame Jouannot et la secrétaire avaient dû rester plantées là le temps qu'il fallait pour lui réserver un accueil d'apocalypse. Domitille, Marianne et Solène entouraient la directrice adjointe comme des sujets venus dénoncer un complot. Sitôt qu'elles la virent, Domitille et Solène mimèrent un soulagement mêlé de frayeur mal jouée.
« Sonia enfin où tu étais !?
- On t'a cherchée partout, on était très inquiètes ! »
Restée silencieuse, Marianne se contenta d'un sourire en coin.
« Jeune fille, Madame Fabre vous attend dans son bureau. »

Sans répondre, Sonia alla monter l'escalier jusqu'au premier étage, la tête et le cœur vides, amorphes. Madame Jouannot prit l'ascenseur et la retrouva dans le couloir de l'administration. *Si tu entres dans ce couloir, c'est que t'as merdé*, l'avait avertie Domitille un jour de septembre. *Fais en sorte que ça n'arrive pas.*
Le couloir était différent du reste des locaux. L'absence de miroirs en faisait un étage à part. Il paraissait étriqué, les murs d'un blanc passé triste. Seule l'odeur d'humidité reliait l'étage à l'ensemble. Assez forte pour que Sonia,

pourtant habituée, la sente à plein nez. Elle se fit encore plus dense lorsque Madame Jouannot ouvrit la porte du bureau de la Directrice. La pièce était entièrement tapissée de vieille moquette beige et Sonia envisagea d'instinct ce qui se trouvait derrière ce revêtement. *Des moisissures.* Elle pouvait sentir les champignons proliférer sous la moquette qui gondolait allègrement, en imprégner le tissus. *Cet endroit est pourri.*

La Directrice, assise derrière son bureau en contreplaqué, la toisait d'un air impitoyable. Ce fut Madame Jouannot qui présenta le dossier.

« Alors, Mademoiselle Pruneveille ici présente prend des libertés avec le couvre-feu. Elle ne s'est pas présentée au point de rendez-vous pour rentrer au pensionnat avec ses camarades.
- C'est faux, s'indigna l'adolescente. Je me suis présentée au rendez-vous très en avance et j'ai attendu les autres jusqu'à dix-sept heures. Elle ont fait exprès de me semer. Je n'ai jamais …
- Mademoiselle, l'interrompit Madame Fabre, c'est *nous* qui décidons de ce qui est vrai et de ce qui ne l'est pas. Vous n'avez aucune excuse. C'est vous qui arrivez en retard. C'est vous qui êtes en tort. Je vous conseille de ne pas nous contredire, vous aggravez votre cas. »

Sonia baissa les yeux. Les deux directrices laissèrent un blanc s'installer. L'atmosphère pesante se rythma de la respiration de Madame Fabre tandis que Sonia attendait la sentence. *Elle respire fort, celle-là.* Elle comprit que c'était cela, outre sa corpulence, qui avait décidé du surnom de *La Baleine* secrètement transmise de promotion en promotion pour désigner la directrice.

Il y eut soudain un bruit étrange, incohérent, *déplacé*. Sonia aurait juré que Madame Fabre avait roté. Elle leva la tête et fronça les sourcils. Était-ce possible ? *Est-ce que j'ai bien entendu ce que... ?* La directrice soutint son regard, impassible. Elle n'avait pas l'air confuse ou gênée. *Est-ce que j'ai vraiment entendu ça ?* Il n'était évidemment pas question d'en obtenir confirmation à voix haute, mais Sonia était perturbée par ce son de relent, un son coassant, étrange. C'était trop absurde pour avoir eu lieu. *J'ai dû mal interpréter. C'était surement autre chose. Ça ne peut qu'être autre chose.*

La directrice eut encore trois autres respirations tonitruantes avant de reprendre le fil du procès.

« Vous avez donc délibérément ignoré le règlement des sorties groupées. Vous êtes rentrée seule, et à la nuit tombée. Il aurait pu vous arriver n'importe quoi.
- N'importe quoi, souligna Madame Jouannot d'une voix dure.
- Ce couvre-feu n'a pas été mis en place pour rien. On ne sait jamais ce qu'il peut arriver à une jeune fille seule dehors. Il est important que vous ayez bien cela à l'esprit. »

Sonia revit l'ombre de l'exhibitionniste s'imprimer sur la moquette, son corps pâle, fripé et usé. Elle entendait les vrombissement des motards qui la cherchaient et leur allure sale, glauque. *Princesse ! Viens !* Elle eut envie de pleurer de dégoût. Elle se sentait sale.

« Vous serez de corvée de linge jusqu'à nouvel ordre. Quelque chose à ajouter ?
- Non, Madame.
- Bien. Vous pouvez disposer. »

*

Au réfectoire ce soir-là, Sonia prit soin de s'assoir à l'extrémité d'une grande table. Le plus loin possible des autres. Elle n'avait pas faim. Le souvenir immédiat de la Zone Industrielle plongée dans l'obscurité et des pervers abrités dans son ombre lui donnait encore des spasmes de terreur, et la privait d'appétit.

Elle jouait avec les légumes à l'eau amère dans son assiette, sans les porter à sa bouche, les yeux dans le vide. Ainsi, son regard rencontra celui de Capucine qui l'observait, quelques tables plus loin, l'œil aussi perçant que vague. Sonia y saisit une lueur qu'elle n'avait jamais vue sur le visage de cette fille amorphe. Elle entendait les voix des filles résonner dans son crâne. *Elle est sortie seule sans permission ... C'était juste une gamine ... Après ça elle a complètement changé ... Elle refuse de raconter ...* Sonia vit un éclair de frayeur passer dans l'œil de Capucine. Sa gorge se serra. Si Capucine ne voulait pas parler, Sonia quant à elle préférait ne pas savoir. Elle se refusait d'imaginer une seule seconde ce qui était arrivé à la jeune fille.

Il y eut une série de gloussements à la table d'à côté. Alix et ses copines pouffaient en continu comme des hyènes en lui lançant des coups d'œil depuis son entrée au réfectoire. Solène n'était pas en reste. Marianne lui glissait des messes-basses dans l'oreille comme un conseiller en communication qui tente d'obtenir le meilleur de son candidat. Solène riait et acquiesçait. Puis, pleine de zèle, le pot de colle qui avait tant cherché sa compagnie à la rentrée lui lança d'une voix haut perchée à travers la salle :

« Dis Sonia, c'est parce que t'es rousse et que tu pues que les pervers dehors t'ont laissée repartir ? »

Quelques rires retentirent. Solène n'avait pas assez de charisme pour entraîner une salle entière avec elle dans sa connerie. Sonia prit soin de conserver une expression neutre et terne. Elle se leva et quitta le réfectoire.

*

La radio grésillait trop. Impossible de s'évader par les ondes ce soir-là. Elle se releva de son lit et fouilla dans sa cachette à la recherche de la cassette enregistrée par Louis, qu'il avait intitulée *En cas de coup dur, Volume 2*. Elle inséra la compilation dans le Walkman.

Vanessa lui avait concocté le *Volume 1* mais Sonia l'avait déjà écouté au moins douze fois. Elle le connaissait par cœur.

CHAPITRE 18

Braquée sur ses devoir de physique dans la salle d'étude silencieuse, Sonia s'octroya une pause. Une pause, en salle d'études du soir, consistait à relever la tête de ses devoirs et rester le nez en l'air. Rien de bien excitant. Elle compta les jours qui la séparaient de son départ pour les vacances de Noël.

Neuf jours à tenir. Neuf jours à endurer encore ces filles insupportables qui depuis l'incident du couvre-feu, dupliquaient à l'infini les blagues douteuses sur la couleur incendiaire de ses cheveux. Les jeux de mots sur son nom de famille, tels que *Vieille Prune*, ou *Pute Vieille*, étaient également très appréciés. Il était aussi de bon ton d'exploiter au maximum son statut de parisienne jugée *pleine de fric* en l'insultant allègrement.

Dans ce jeu sordide, Solène déployait des trésors d'inventivité. Elle se montrait la plus zélée et la plus mesquine afin de récolter des miettes d'attention de la bande d'Alix, en bon petit chien dévoué, avide de reconnaissance.

Cet enfer devait prendre fin en juin. *Si tout va bien.* Isolée, Sonia travaillait mieux que jamais, avec une assiduité accrue, et, elle le sentait, une *acuité* accrue. Elle sentait qu'elle pouvait se surpasser encore, obtenir des résultats allant bien au-delà des espérances de ses parents. De jour en jour, elle avait la sensation que son intelligence s'affutait alors qu'elle s'en était longtemps crue dénuée. C'était un bien étrange sentiment.

*

« J'ai de plus en plus de difficultés au lycée, confiait une adolescente à l'émission de radio. Au début, ça avait pourtant bien commencé, j'avais des amis.
- Qu'est-ce qu'il s'est passé alors ? demandait l'animateur.
- Je me suis disputée avec ... Frrrrr ... Frrrrr ...
- Merde ! » fit Sonia tout haut.

Elle se redressa, cala son oreiller contre le mur et leva l'appareil afin d'avoir une meilleure réception. Le sujet de l'émission l'intéressait particulièrement. Elle entendit des rires en fond qui devaient venir des autres chambres. Elle haussa le volume pour ne plus les entendre.

« ... mais de plus en plus d'insultes, en fait.
- Tu as essayé de discuter avec ce groupe d'élèves ?
- Oui ... *Frrrrr* ... facile mais ... *Frrrrr* ... conversation ... *Frrrrr*...
- ... Après une pause, annonça une voix sur une autre émission. *Frrrrr*...
- Fait chier ! fit Sonia en réglant de nouveau l'appareil.
- ... me traitent de grosse, de cachalot, de sac à merde, de ... *Frrrrr*...

- … l'eau qui coule », fit une autre voix.

Sonia reconnut cette voix, mais ne savait plus à qui elle appartenait.

« Nous prenons soin de l'eau, de notre eau … *Frrrrr…*
- Et qu'est-ce ta meilleure amie en pense ? demandait l'animateur.
- … L'eau coule dans les … »

Le cœur de Sonia fit un bond. C'était la voix de la Directrice dans l'appareil. Madame Fabre s'entretenait avec quelqu'un. *Mais où ? Comment ? Pas à la radio quand même ?* Sonia plaqua ses écouteurs contre ses oreilles et se concentra.

« … dans la même classe, elle a redoublé et …
- Nous y veillons, tous les jours, je vous assure, reprit la Baleine, que … *Frrrrr…*
- … à voir avec tes parents. Ils écoutent aussi notre émission ? Tu peux leur dire …
- … que nous y prenons grand soin. Parce que les filles …
- … Un T-Shirt Madonna …
- … Les filles sont là … *Frrrrr…*
- OH GENIAL !!!
- *Frrrrr… Frrrrr…*
- Putain !! »

Elle arracha ses écouteurs. La cacophonie était devenue insupportable. Le bruit lui comprimait la vessie d'énervement. Cela faisait vingt minutes qu'elle se retenait d'aller aux toilettes pour suivre l'émission infestée de parasites. Et du pire parasite qui soit, s'agissant de la directrice du pensionnat.

L'accès aux toilettes eut été plus aisé si personne n'avait eu l'idée de plonger la tête d'une élève dans une cuvette. Sonia s'arrêta devant l'attroupement. Elle se demanda où était la surveillante. Cela faisait au moins une demi-heure qu'elle entendait des bruits ici. Elle soupçonnait Mademoiselle Hillgate de faire exprès de venir hurler sur les lieux *après coup*. Elle-même n'avait pas une parfaite visibilité de ce qu'il se passait, même si elle en avait une vague idée. Elle se dressa sur la pointe des pieds et compris bien vite qu'il ne s'agissait pas d'une simulation. *Mais elles sont malades ma parole !*

Agenouillée devant une cuvette sale et inondée, Marie-Emeraude avait la tête dans le trou. Alix tirait la chasse d'eau, puis Solène et Marianne tiraient la pauvre fille par les cheveux quelques secondes pour qu'elle respire avant de l'y replonger à nouveau. Elles ne manquaient pas de lui claquer la lunette sur la tête. Les trois bourreaux s'échangeaient les rôles sous les yeux fascinés des autres filles de la classe. Sonia était trop incrédule, trop choquée par ce qu'elle voyait pour bouger.

Jusqu'à ce que son regard ne croise celui terrifiée de Marie-Emeraude, le visage tuméfié, plein de larmes effacées, un linge blanc coincé dans sa bouche qui l'empêchait de hurler et qui allait l'étouffer. *Elles essayent de la noyer. La pionne le sait, c'est sûr. Et elle laisse faire.* A côté de Sonia, Jordane posa un doigt sur les lèvres pour lui conseiller de rester tranquille, si elle souhaitait que la représentation continue.

Il suffit de ce geste qui l'invitait à la rendre complice de cette ignominie pour que Sonia se jette sur la scène de torture sous les protestations unanimes. Elle se rua sur les tortionnaires, attaqua de toutes ses forces à coups de poings et coups de genoux imprécis et désynchronisés. Trop surprises dans leurs postures inconfortables pour répliquer efficacement, les filles se débattirent comme elles le purent, mais Sonia avait le dessus. Elle envoya son poing au milieu du visage de Marianne, écrasa de tous son poids la cheville d'Alix contre le carrelage et gifla Solène.

« Mais t'es une grande tarée !
- Arrête ! suppliait Solène.
- Tu vas le payer sale conne » rugit Alix.

Les filles hébétées se dégagèrent et Sonia sortit la tête de Marie-Emeraude des toilettes. Elle attrapa un morceau du tissu qu'elle avait dans la bouche et tira. Avec difficulté, elle en déroula le linge entier. Un épaisse culotte en coton. Sitôt délivrée, la jeune fille se mit à tousser avant de reprendre de longues inspirations asthmatiques.

« Tu veux ton tour, c'est ça ? » demanda Marianne.

Sonia termina d'aider Marie-Emeraude à se remettre debout, puis elle se jeta sur Marianne et frappa comme elle put. Elle reçut la grosse main de son adversaire en pleine figure et saigna du nez aussitôt, répliqua par un coup de pied dans le tibia. Et la surveillante arriva au moment où elle tirait les cheveux de Marianne.

« Vous avez vu, Mademoiselle Hillgate !!! Elle m'a attaquée !
- Tout le monde sort d'ici ! Dans vos chambres ! Sauf vous ! dit-elle en désignant Sonia.
- Il faut qu'on m'accompagne à l'infirmerie, Mademoiselle, implora Marie-Emeraude.
- Et puis quoi encore ? Vous vous croyez au bal ? Allez-y toute seule, vos camarades ont besoin de sommeil. Si ce n'est pas votre cas, c'est votre problème. »

La jeune fille quitta la pièce en larmes. Sonia défia la surveillante du regard. *Elle savait ce qu'il se passait. Et elle a laissé faire. Pas la peine de lui faire un point sur la situation.* Mademoiselle Hillgate devait la considérer comme le trouble-fête qui avait mis fin au supplice.

« On n'entend plus parler que de vous, en ce moment. Ce n'est pas la peine de déranger la directrice au beau milieu de la soirée car je vais parler en son nom. Vous n'aurez même pas à vous rendre dans son bureau demain. Parce que je vous l'annonce, Mademoiselle, vous aurez trois jours pour passer Noël en famille. Mais vous pouvez vous assoir sur le reste de vacances. Elles se passeront ici. »

CHAPITRE 19

De minces flocons avaient commencé à chuter dans la matinée. Une neige trop faible pour tenir au sol que Sonia regardait tomber depuis la fenêtre de la bibliothèque. Distraite, elle finit par refermer *Les Fleurs du Mal* pour de bon.

Les filles de sa classe s'étaient réparties en grappes à divers endroits de la salle. Elle n'avait aucun moyen de savoir si elle était ou non en sursis. Si un sort lui était destiné, longuement élaboré loin d'elle. Elle ne pouvait interpréter le mutisme de ses ennemies, s'il s'agissait d'une saine indifférence irréversible ou d'un recul pris pour se jeter sur elle quand elle s'y attendrait le moins.

Car la victime de service avait tiré sa révérence la veille. Entre deux cours, Marie-Emeraude, valises aux pieds, avait timidement interpellé Sonia dans le couloir.

« Je tenais à te dire merci, avait-elle dit.
- Merci de quoi ? Tu vas où avec tout ça ?
- Je ne veux plus rester ici, c'est trop dur pour moi. Madame Fabre l'a bien compris. Je lui ai parlé, elle a été très gentille. Elle s'est arrangée au téléphone avec mes parents et ils sont d'accord pour me changer d'école. Là c'est un peu tard pour reprendre demain, mais ils vont me trouver un nouveau lycée pour la rentrée de janvier.
- Tu as de la chance ...

- Oui, ils viennent me chercher là dans pas longtemps, j'ai vraiment hâte de les revoir.
- Dépêchez-vous Marie-Emeraude, avait lancé Madame Jouannot depuis le fond du couloir. Vos parents vont arriver ! »

Les yeux de la jeune fille s'étaient illuminés. Sonia ne l'avait jamais vue aussi heureuse. Sans doute parce qu'elle ne l'avait jamais vue heureuse tout court.

« Bon je file. On a rendez-vous avec mes parents dans le bureau de Madame Jouannot. Merci encore, pour tout ce que tu as fait pour moi, tu as vraiment été la plus gentille.
- C'est rien, je t'assure. Fais attention à toi. »

Et le bouc émissaire s'était éloigné en trottant au milieu de ses valises à roulettes.

« Sonia Pruneveille ! Je cherche Sonia Pruneveille, elle est là ? »

La jeune fille sursauta, tirée de sa rêverie pas une surveillante qui tournait sur elle-même à sa recherche dans la bibliothèque. Elle n'eut nul besoin de manifester sa présence, ses camarades de classe s'en chargèrent en la pointant du doigt depuis toutes les directions de la salle.

« Elle est là » fit un canon de voix.

Sonia se leva tandis que la femme approchait. *Ça sent pas bon du tout …. Qu'est-ce que j'ai fait encore ?* Quel que fut le sujet, il ne semblait pas valoir la peine de s'avancer jusqu'à elle. De là où elle était, la surveillante lança du plus fort qu'elle le put :

« Vous êtes censée faire la lessive, aujourd'hui, au cas où vous l'auriez oublié ! »

Alix et les autres rirent comme si c'eût été la meilleur blague du monde et Sonia ramassa ses affaires. *Hilarant.*

Elle étudia le plan de l'établissement cloué dans le hall avant de s'aventurer au hasard des sous-sol. Elle n'avait jamais eu à faire une lessive de sa vie mais on lui avait assuré que toutes les instructions étaient minutieusement indiquées à côté des machines. Une fois le plan mémorisé, elle longea le réfectoire au rez-de-chaussée pour descendre à l'amphithéâtre jouxtant la piscine au premier sous-sol. Elle passa la grande salle et trouva l'escalier qui menait au deuxième sous-sol. La buanderie se trouvait juste en dessous.

Elle était loin de se douter du bruit assourdissant qui grondait en bas. Ni du contraste avec le premier sous-sol. Les murs étaient crus, irréguliers et sombres. Un rouge couleur de terre. Des canalisations courraient partout sur les murs et au plafond. Il y avait deux portes. Le bruit venait de sa salle qui indiquait *chaufferie* où d'énormes chaudières et autres machines de guerre devaient alimenter toute la tour en eau chaude, chauffage et électricité. C'était à peu près l'idée que Sonia se faisait de l'enfer. Le grondement des machines était monstrueux.

Elle poussa la porte marquée *buanderie*. La pièce aveugle aux murs rouges et irréguliers ressemblait à l'intérieur d'un cœur. La moitié des

douze machines lancées à plein régime palpitaient sur leur socle. De l'autre côté de la pièce, contre le mur, cinq grands paniers en plastique rempli de linge sale attendaient leur sort.
C'est une punition digne de ce nom.

*

Elle était en nage lorsqu'elle remonta. A cause des chaudières toutes proches, et de la chaleur dégagée par les sèche-linges. Elle se sentait poisseuse. Elle vit courir une paire de jambes courtes lorsqu'elle arriva au niveau du rez-de-chaussée. Elles appartenaient à l'Esclave qui se hâtait de transporter une serpillère gorgée d'eau.

« Mes outils ! Plus vite que ça ! » cria-t-il.

Sonia ne vit pas à qui il s'adressait. Elle était juste étonnée d'entendre cet homme du bas de l'échelle de l'établissement se permettre de donner des ordres. Mais lorsqu'elle vit Madame Fabre traverser à la hâte le hall désert en portant à bout de bras une caisse à outils, elle en fut d'autant plus atterrée. *Il doit y avoir une autre fuite. Incroyable, l'état d'hystérie quand il est question de plomberie ici.* Monsieur Bichot arracha la caisse des mains de la Baleine avant de s'enfuir en direction du sinistre.

« Qu'est-ce que vous faites là !? Vous voulez ma photo !? ».

Sonia sursauta. Par réflexe, elle avait failli répondre *non merci*.

« Qu'est-ce que vous faisiez en bas ?

- La lessive. C'est ... euh ... C'est vous qui me l'avez demandé, en fait. Comme punition.
- Ah ... oui d'accord ».

La Directrice cherchait quelque chose à ajouter. Sonia était ravie de lui avoir cloué le bec. Et ravie de l'avoir surprise en train de se faire donner des ordres par l'homme à tout faire. Elle se délectait de la sentir dans l'embarras. *Pour une fois que ce n'est pas moi.*

« Bon, bon très bien. Mais ne restez pas là. Il y a une fuite. »

Son regard s'arrêta au seuil de l'infirmerie que venait de franchir la fille à la cheville foulée.

« Oh non ! Vous n'allez pas glisser une deuxième fois ! s'énerva la directrice. Qu'est-ce que vous avez besoin de vous promener partout comme ça le week-end !?
- Je devais montrer ma cheville à l'infirmière. »

La Baleine secoua la tête. Les deux élèves dans le hall avaient manifestement réponse à tout. La fille aux béquilles n'osait plus faire un mouvement de crainte de se faire engueuler, son sac à dos à ses pieds.

« Ne restez pas là toutes les deux. Sonia, ramassez les affaires de cette jeune fille et raccompagnez la jusqu'à sa chambre. Mais ne prenez pas goût à l'ascenseur. Parce que vous redescendrez à pieds. »

L'idée de prendre l'ascenseur pour la première fois lui parut merveilleuse. *On a vraiment des plaisirs simples, dans le coin.* Elle entra dans la cabine après la fille de Quatrième.

« Quel étage ?
- Neuvième.
- C'est parti. »

Les portes coulissèrent et la cabine démarra. L'ascenseur était vieux et très lent. Intimidée par son aînée de Seconde, la jeune fille aux béquilles ne prononça pas un mot. Rien n'indiquait où elles en étaient de leur ascension. Sonia s'attarda sur le peu de détails de la cabine et fronça les sourcils. Les boutons de l'ascenseurs allaient jusqu'au quinzième. *J'aurais parié que l'immeuble était plus haut que ça. Du moins, il a l'air bien plus haut. Mais si l'ascenseur ne va pas au-delà, c'est qu'il n'y en a pas d'autres. Il n'y a pas d'ascenseurs partiels, c'est débile.*

La cabine finit par les recracher au neuvième et Sonia accompagna la collégienne le long d'un couloir qui ressemblait de beaucoup à celui de son étage, avec son architecture fastidieuse, mais avec des angles différents. Par habitude du sien, elle faillit se heurter deux fois aux miroirs muraux.

Absolument rien ne va dans cet immeuble.

*

Elle alluma discrètement une cigarette depuis son coin préféré de la cour, derrière le mur. A cette période il était facile de faire passer la fumée de cigarette pour de la vapeur. Le seul avantage au froid qu'elle ne supportait pas. Le jour allait bientôt tomber, alors elle s'adossa au grillage et leva le nez en l'air. Elle voulait compter les étages. *Non, il y a un problème.* Elle refit le compte en fermant un œil, s'aidant d'un doigts raidi par le froid.

La tour comptait vingt étages.

C'est bizarre ...

Elle sentit une ombre immense s'étaler derrière elle, qui la recouvrit en entier. Un camion freinait, le flanc du poids lourd avait longé le grillage en manquant de le frôler. Il se tenait à moins de cinq centimètres de l'enchevêtrement de fils de fer.

La vitre embuée de la cabine se baissa au rythme d'une manivelle qui couinait. La tête ronde d'un homme barbu apparut de l'autre côté. Il avait d'épais cheveux frisés et faisait penser à Sonia aux bucherons des feuilletons américains.

« Tu dois avoir froid dehors. Viens, monte ! Tu fumeras ta cigarette au chaud. J'ai de bonnes cassettes de rock. »

Sans même prendre la peine d'ouvrir la bouche, Sonia laissa tomber sa cigarette et regagna le hall au pas de course.

*

Les élèves ne cessaient d'aller et venir au rez-de-chaussée. La fuite avait dû être réparée. Sonia, encore gelée, se frictionnait devant le plan mural du bâtiment. Elle savait que la direction occupait la nuit les étages au-dessus des Terminales mais le plan ne les mentionnait pas. *Sûrement parce que les élèves n'ont rien à y faire.*

Ils ont juste besoin de se repérer pour les salles de cours, le réfectoire et compagnie ...

Réchauffée et sans réponse à ses questions, elle regagna la cage d'escalier lorsqu'elle entendit un cri perçant. Un attroupement s'était formé autour de la provenance des cris aigus, dont aurait pu penser qu'il s'agissait d'un oiseau. Sonia s'approcha.

Béatrice se trouvait au centre. Si les élèves étaient emmitouflées de manteaux ou de gros pulls d'hiver, ce n'était pas le cas de sa camarade qui se trouvait en maillot de bain. Béatrice tremblait de tout son corps, mais elle ne semblait pas trembler *de froid*. Il y avait autre chose, dans les secousses frénétiques de ses épaules. Elle revenait de la piscine mais ne s'y était visiblement pas baignée. Le tissu de son maillot était aussi sec que ses cheveux. Un détail cependant, outre son irruption en maillot de bain dans le hall en plein hiver intriguait l'assemblée. Le bas de son maillot était imprégné d'une tâche sombre et humide, non pas comme si Béatrice s'était assise sur le rebord de la piscine. *Elle s'est pissée dessus.* La pauvre fille balbutiait en tremblant au milieu de l'attroupement qui s'épaississait.

Madame Jouannot joua des coudes pour rejoindre Béatrice qui ouvrit sur elle des yeux exorbités.

« Enfin ma petite qu'est-ce que vous faites dans cette tenue au milieu du hall ?
- J'ai ... vu ... »

Béatrice grelottait, congestionnée d'horreur. Sa voix s'emmêlait. Madame Jouannot chassa d'un geste de la main une partie des élèves qui reculèrent mais restèrent sur place.

« Qu'est-ce que vous avez vu ?
- J'ai vu un homme qui fait peur nager dans la piscine.
- Un quoi ?
- Quelqu'un ... il était très bizarre ... »

Madame Jouannot prit Béatrice par les épaules dans un geste maladroit de réconfort.

« Enfin, calmez-vous. Ce que vous dites n'a pas de sens. Le seul homme présent dans l'établissement, c'est Monsieur Bichot. Et le pauvre a suffisamment de travail pour avoir le temps d'aller nager.
- Et pourtant j'aimerais bien moi, parfois, barboter un peu » intervint l'homme à tout faire depuis l'attroupement.

Couvert jusqu'aux oreilles dans sa polaire, l'Esclave avait tout sauf l'air de sortir d'un bain.

« Monsieur Bichot, vous voulez bien aller jeter un œil à la piscine pour rassurer cette jeune fille ? Et remontez lui ses affaires des vestiaires par la même occasion.
- Entendu.
- Allez, vous autres, dispersez-vous. »

Sonia fit partie des quelques filles qui firent semblant d'obéir et restèrent stagner dans le hall en attendant que l'Esclave réapparaisse. L'infirmière sortit de son local avec une couverture qu'elle posa gentiment sur les épaules de l'adolescente effrayée. Elle pleurait doucement, sans faire de bruit. Chacune retint son souffle lorsque la porte battante qui descendait au premier sous-sol se rouvrit.

Monsieur Bichot, seul, l'air placide, portait un sac de sport à l'épaule et le tas de vêtements de Béatrice dans ses bras.

« Il n'y a personne » annonça-t-il.

Rien de sensationnel. Les élèves tournèrent les talons. Béatrice, selon les murmures, cherchait simplement à *faire l'intéressante*. Affaiblie par le brouhaha, Sonia entendit la voix de sa camarade.

« Je ne sais pas ce que j'ai vu, gémissait-elle. Mais je l'ai vu. »

*

Ce soir-là, assise au dernier rang de l'amphithéâtre, Sonia sentait son esprit se brouiller. Elle ne parvenait pas à se détendre. Et le choix du film qu'elle avait été autorisée à aller voir malgré sa punition n'était pas des plus judicieux. *Nosferatu* ne faisait rien pour l'aider. Il sonnait plutôt comme une sanction additionnelle.

Elle détestait les films d'horreur. Elle n'en regardait jamais de son plein gré. Elle subissait parfois des séances de films de monstres ou de fantômes, pour faire plaisir à ses amis quand elle savait qu'elle n'y échapperait pas et que le film était voté. Elle savait dès lors que le soir même, elle s'endormirait sans difficulté avec le chat près de son oreiller.

Mais dans cet endroit, la chose était sinistre. Elle avait une boule dans la gorge d'avance en pensant à la nuit qui allait suivre. Car ce n'était pas le chat, qu'elle entendrait ronronner, mais les camions qui allaient traverser, les pervers qui allaient stagner sous les flocons.

C'était pire que le vampire en noir et blanc.

CHAPITRE 20

L'invité du jour apparut sur la scène de l'amphithéâtre. Le dernier avant les vacances de Noël. Ce jour-ci, c'était un homme.

Un lundi sur deux en fin de matinée, un intervenant menait une conférence devant l'école entière sur sa profession, et son parcours vers la réussite. L'objectif de ces évènements largement vantés sur le prospectus de l'école était de sensibiliser les élèves à certains métiers, faire naître des vocations. Donner un sens à sur quoi peut déboucher une scolarité bien menée, chose parfois encore obscure pour des adolescentes, à plus forte raison lorsqu'elles sont internes à cause de leur manque d'implication à l'école. La documentation évoquait, outre la motivation que cela suscitait, un système de réseau, voire de mécénat, dont bénéficiaient parfois les élèves les plus acharnées une fois diplômées, et qui leur promettait une brillante carrière.

La plupart du temps, il s'agissait d'anciennes élèves du pensionnat dont les portraits ornaient fièrement les murs du hall. Nombreuses d'entre elles admettaient que ces conférences leur avaient mis un pied à l'étrier dans leur réussite. Des femmes de tous âges et de toutes professions confondues. Elles étaient la plupart du temps cadres dans de grandes sociétés, mais œuvraient également dans le droit, la médecine et la culture. La dernière était venue raconter son acquisition de domaines viticoles en Bourgogne, celle d'avant avait témoigné sur son expérience dans l'import-export de textiles.

Mais plus rarement, il s'agissait d'un homme. Il parût immense, debout à côté de Madame Fabre qui le présentait avec un enthousiasme débordant. Il était terriblement grand, si carré d'épaules que son costume gris avait dû être cousu sur mesure. Il avait d'énormes mains qu'il croisait devant lui le temps de laisser parler la directrice et le nez cassé d'un boxeur, profession à mille lieues de la sienne.

« Bonjour Mesdemoiselles. J'ai l'immense honneur aujourd'hui de vous présenter Monsieur Jean-Hubert Privaux. Notre invité est à la tête d'une société de transport. Il nous avait déjà fait l'honneur d'une conférence il y a quelques années, et c'est donc une grande joie de le recevoir à nouveau. Merci de l'applaudir chaleureusement ».

L'assemblée obéit et la Directrice confia le micro au chef d'entreprise. Ce dernier entama son récit par la fin de son adolescence et Sonia, assise au bout du rang des Secondes, tendit l'oreille vers ses camarades pour capter les plaisanteries que provoquait invariablement la venue d'un homme à ces conférences. Car si l'on savait d'où les anciennes élèves venaient et que leur connexion avec la Directrice était évidente, tout le monde se demandait où Madame Fabre dégotait ces hommes, que, bien souvent, elle présentait comme des amis. La présence de ces derniers laissait libre cours aux spéculations les plus douteuses murmurées et étouffées de fous rires au cœur des conférences. *La Baleine a dû faire le tapin dans le gratin quand elle était jeune ... C'est son gigolo tu crois ? ... Jeannnn-Hub' ... Ahahah cette vieille bécane elle marche encore !*

Sonia rit sous cape. Elle ne participait jamais à ses conversations scabreuses auxquelles elle ne comprenait que la moitié des choses, mais elle s'en délectait à chaque fois. Pourtant, bien vite, *Jean-Hub'* fut noyé sous un autre sujet de conversation.

« Béatrice a été virée.
- Quoi ?
- Béatrice ! Elle a été renvoyée.
- Quand ?
- Hier je crois.
- Tu l'as vue hier ?
- Non je crois pas. Et vous ?
- Je ne m'en souviens plus ... pas depuis qu'elle est sortie en maillot de bain dans le hall.
- Moi non plus.
- Oui enfin Béatrice, elle passe tellement inaperçue, c'est compliqué de se souvenir de quand elle est là ou pas.
- Mais pourquoi elle a été renvoyée ?
- J'en sais rien. C'est ça qui est bizarre vu qu'on l'entendait jamais. C'est vraiment pas la personne à laquelle on pense quand on parle de renvoi définitif.
- C'est clair !

- Oui bon elle avait pas la lumière à tous les étages non plus, la preuve avec sa crise de l'autre jour.
- Ouais ... bon qui s'en fout ?
- Moi », firent les filles en chœur.

Une surveillante leur fit signe de se taire avec de gros yeux sévères. Elles reprirent leurs blagues sur les connections entre la Baleine et Jean-Hub' mais Sonia n'écoutait plus. Elle fixait l'estrade où s'exprimait l'invité d'un regard vide.

Comment Beatrice a pu être renvoyée ? C'est la fille la plus sans histoires de la création. Qu'est-ce qu'elle a bien pu faire qui justifie un renvoi et surtout quand, à quel moment ? Elle réfléchit, tenta de se souvenir si elle l'avait vue hier ou non, si elle avait relevé son absence aux cours de ce matin. Elle dut se rendre à l'évidence. *Les filles ont raison.* Béatrice était si incolore que le fait qu'elle soit présente ou absente ne se remarquait jamais. *Mais quand même alors, merde ... qu'est-ce qu'elle a fait ?*

Elle chassa ses questions sans réponses et se concentra sur le discours de l'invité dont elle n'avait rien suivi jusqu'ici.

*

Après les longs applaudissements exigés par la direction, les élèves se levèrent et avancèrent vers la sortie, soulagées et affamées. Sonia passa devant l'estrade et put voir l'intervenant de plus près. Il avait le visage cabossé, porté par une carrure encore plus impressionnante vue de près. Il discutait avec les professeurs de français et d'économie qui semblaient boire ses paroles comme de l'eau sacrée. Sonia se fit la réflexion que ces femmes mûres ne côtoyaient pas non plus des hommes tous les jours, en dehors des pervers qui zonaient aux alentours. Cela devait les enchanter, d'échanger des propos à défaut d'autre chose avec un type aussi élégant. Ne venait-elle pas d'entendre la professeure d'économie lui demander ses coordonnées ? *Elle ne lâche rien celle-là !* L'homme d'affaires sourit et sortit une carte de visite de sa poche au moment où Sonia passait à leur niveau. Les mains épaisses de l'invité du jour firent jaillir un mouchoir en tissu de sa poche par la même occasion. Sonia eu le réflexe de le rattraper avant que le tissu bien repassé aux initiales brodées ne tombe sur la moquette. Elle le tendit à son propriétaire avec un hochement de tête intimidé.

« Merci Sonia », dit-il.

Soudain, les yeux de cet homme si décontracté l'instant d'avant changèrent d'expression. Le temps d'un éclair, son regard rieur se ternit. Sonia ressentit un profond malaise de sa part, sans pouvoir se l'expliquer. *Qu'est-ce qui lui arrive ? Il est bizarre lui.* L'homme face à elle transpirait l'inconfort. Et la seconde suivante, il lui adressait un franc sourire.

« Merci beaucoup. »

Elle s'éloigna et sortit de la salle, suivant le flux de ses camarades. Ce ne fut que quelques pas plus loin, la porte de la salle franchie, qu'elle s'arrêta au seuil des escaliers. Elle se retourna. La porte battante s'ouvrait et se refermait sans cesse, crachant les élèves par intermittence, s'ouvrait et se refermait sur l'homme géant qui poursuivait sa conversation noyée sous le chahut ambiant. C'est à ce moment que lui vint cette question.

Comment il connait mon prénom ?

CHAPITRE 21

La tour était en effervescence. Les élèves excitées jaillissaient de toutes parts avec leurs valises en ce dernier vendredi de classe. Les cours s'étaient arrêtés à midi. A peine dix minutes plus tard, les bagages encombraient toutes les artères du pensionnat, leurs propriétaires bouillaient d'impatience à l'idée de s'extraire de cet endroit durant deux semaines. Pour celles qui étaient pas punies.

A midi pile, le hall fut embouteillé par les parents venus récupérer leur progéniture et les groupes d'élèves se réunissant avant qu'un car prévu desservant les villes proches vienne les chercher. La plupart des élèves quittaient le pensionnat aujourd'hui. Une trentaine d'entre elles dont les parents ne pouvaient pas venir plus tôt devaient encore patienter jusqu'au lendemain. Ces dernières regardaient avec envie leurs camarades ayant la chance de déguerpir moins de vingt-quatre heures avant elles. Si leur tour allaient venir bien assez tôt, elles n'étaient cependant pas rentrées chez elles depuis la Toussaint, ce qui justifiait leur impatience qui s'exacerbait au fil des heures.

Toutes les filles de Seconde avaient cependant échappé à ce sort, à cela de plus qu'aucune d'entre elles, mise à part Sonia, ne serait consignée ici durant les vacances de Noël. Elle ne savait pas si elle devait être soulagée d'être débarrassée de ces filles ou plus déprimée encore de vivre seule sa sanction. La première partie passerait vite, son père devait venir la chercher le lundi. Mais en la ramenant le jeudi suivant, le reste de la punition promettait d'être une longue traversée d'un désert de glaces en solitaire.

Les Secondes se bousculaient joyeusement, lestées de leurs valises, fonçant anarchiquement vers leurs couples de parents respectifs. Sonia avait les yeux mouillés et reniflait de temps en temps. Ce qui semblait convenir à Alix, qui l'interprétait comme une infinie tristesse sans savoir qu'elle était surtout doublée d'un début de rhume. Elle s'approcha d'elle en enfilant ses gants de laine.

« Profite bien de tes vacances, Sonia, profite. On s'occupera de ton cas dès la rentrée, fais-moi confiance. On t'a laissée tranquille pour le moment, mais je peux t'assurer que ce n'est qu'un sursis. Salut. »

Alix tourna les talons. Dernière elle, Marianne lui adressa un sourire mauvais, et passa lentement son pouce le long de sa gorge, feignant une lente, très lente décapitation. Puis elle disparut dans la cohue.

Sonia fut traversée d'un frisson qui se diffusa dans tout son corps comme des lames de rasoirs dans ses veines. Elle se sentit geler, l'espace d'une seconde, et eut envie de vomir.

Puis elle tourna le dos aux retrouvailles et à l'allégresse ambiante. Le cœur lourd, elle traîna des pieds jusqu'au réfectoire.

*

Le peu d'élèves qui restait était tristement disséminé dans la grande salle.

Sonia s'empara de son plateau à la recherche d'une table vide. La surveillante du réfectoire lui bloqua le passage par surprise et elle faillit faire tomber son repas.

« Vous allez où ? demanda l'employée, assez fort pour que tout le monde entende et que les têtes se tournent vers la jeune fille.
- Euh... Je vais m'assoir ?
- Vous partez demain ou vous êtes en retenue ?
- Je suis en retenue.
- Alors c'est par ici, fit-elle en désignant une table d'une douzaine de lycéennes. Vous prendrez vos repas avec les autres élèves consignées durant toute la période des vacances. »

Sonia s'approcha de sa table attitrée en éternuant. Elle aurait voulu se faire toute petite, invisible. Malheureusement, elle s'arrêta à chaque pas pour éternuer et figer son plateau entre ses mains pour que rien ne s'en échappe. Arrivée à destination, elle éternua une dernière fois, tête inclinée, comme une révérence. Elle tira un paquet de Kleenex largement entamé de sa poche et se moucha à grand bruit sitôt assise. Sa voisine directe s'écarta avec une légère moue de dégoût.

L'instant suivant, la surveillante se matérialisa entre leur table et celle occupée par une dizaine de collégiennes, frappa dans ses mains pour réclamer l'attention des deux tablées et se mit à brailler.

« Mesdemoiselles, la direction m'a chargée de vous informer du déroulement de votre punition, puisque vous êtes toutes ici retenues pour les vacances. »

Plus loin dans la salle, les autres élèves non punies cessèrent toutes conversations en cours pour suivre le programme à venir de leur camarades infortunées, non sans un plaisir manifeste.

« Evidemment, comme vous le savez, nous ne sommes pas des monstres »
Première nouvelle.

« Vos parents viendront vous chercher lundi pour trois jours afin que vous puissiez tout de même passer Noël en famille. Vous serez donc de retour ici jeudi 26 décembre au soir. La plupart d'entre vous sont sanctionnées pour leurs mauvais résultats. Si vous restez ici, c'est avant tout pour travailler, même pour celles qui sont sanctionnées pour discipline. Vous devrez donc passer la plupart de votre temps de punition en salle de permanence à travailler les matières de votre choix. Vous ne serez pas obligées, cependant, de porter votre uniforme durant cette période. Bien entendu, vous aurez vos récréations, et vous aurez accès à la piscine, à la bibliothèque et au projections à l'amphithéâtre après vos séances de travail. Pour celles d'entre vous qui sont également sanctionnées de corvées supplémentaires, comme le tri à la bibliothèque, la plonge, le linge et que sais-je, votre punition doit se poursuivre jusqu'à la fin des vacances et devrait, sauf manque de discipline, s'arrêter dès la rentrée. Maintenant, je dois faire l'appel des punies. Vous répondez présente. »

Lorsque ce fut fait, elle leur souhaita bon appétit sans avoir l'air d'en penser un mot. Cela ressemblait plus, au ton à *étouffez-vous*. Les langues de vipères se délièrent sitôt qu'elle se fut éloignée. Les injures allèrent bon train et Sonia fut surprise de leur inventivité. Seule une Terminale du nom de Laura restait silencieuse, en retrait, Sonia n'arrivait pas à se figurer si cette fille était agacée ou juste d'un désintérêt total pour tout ce qu'il se passait autour d'elle. Mais fort heureusement, si cette fille semblait assez froide, le reste des filles de Première et de Terminale consignées au même sort paraissaient beaucoup plus sympathiques que n'importe quelle fille de sa classe.   Elles se présentèrent tour à tour, avec un peu plus de chaleur que lors de l'appel de la surveillante. Sonia était la seule nouvelle. La plupart d'entre elles étaient là depuis longtemps et abonnées de longue date aux punitions qui ne les impressionnaient plus. Trois d'entre elles étaient aux Prés Verts depuis la Sixième. Cette information surpassa la timidité de Sonia.

« Depuis la Sixième ? Je peux vous demander comment vous avez survécu ?
- C'est un peu comme quand tu manges un plat dégueulasse et que c'est ça ou crever de faim, répondit une élève de Terminale.

- Et à la fin tu t'habitues, parfois tu peux même y prendre goût, ajouta la fille d'en face.
- Mais c'est tellement sévère ici, objecta Sonia.
- C'est sévère si tu le veux bien. Sur le papier oui ça l'est. Mais c'est pas parce que c'est sévère que ça doit te tuer. Moi ça m'a rendue plus dure. Et pas plus disciplinée. Tu joues au petit soldat et tout passe. C'est du gros foutage de gueule en règle parce que t'en penses pas un clou mais c'est comme ça que ça marche. Et quand tu te fais pincer, tu finis punie, mais c'est pas si grave. On sortira toutes de là un jour, ça c'est sûr.
- Ouais... Heureusement, soupira Sonia.
- En attendant, c'est comme ça : marche ou crève.
- Je dirais les deux en même temps, pensa-t-elle tout haut.
- Faut s'endurcir, c'est le secret. Tu vois, par exemple, quand la Baleine m'a dit que j'allais être punie durant Noël pour une mauvaise note d'un devoir dans lequel j'avais pourtant tout donné, j'ai même pas cligné des yeux.
- Pour un devoir ? Juste ça ? Mon Dieu mais qu'est-ce que ça devait être avant ici, avec une directrice encore pire que la Baleine.
- Elle a toujours été la directrice. C'est son mari qui a fondé l'école. »

Sonia failli recracher son verre d'eau par le nez. Elle le reposa et s'empressa de se moucher avant la catastrophe.

« Elle a un mari ? Je pensais qu'elle était vieille fille pour être aigrie comme ça moi !

- Oui enfin il est mort depuis longtemps déjà donc c'est tout comme.
- Ah, fit Sonia, qui ne parvenait pas à prendre la directrice en pitié pour autant. Donc il a construit l'école et il est mort ?
- Pas exactement, fit une élève de Première. Il est mort quelques années plus tard, il était déjà vieux. En fait, le mari de la Baleine, c'était un genre de philanthrope fin de race plein aux as. Il a repris le chantier du bâtiment ici quand il a été abandonné pour construire une école pour les filles de la région.
- Comment ça, quel chantier abandonné ?
- En fait ici, à la base, la tour n'était pas censée être un école mais un immeuble de bureaux pour la zone industrielle qui n'arrêtait pas de grossir.
- Quel rapport avec un pensionnat du coup ?
- Aucun. Ce qu'il s'est passé, c'est que le promoteur qui avait lancé les travaux a disparu au tout début du chantier alors que les fondations avaient à peine commencé à être construites.
- Disparu, genre il est mort ?
- Non on sait pas. Il s'est volatilisé en tout cas. Un jour il était là, le lendemain, non. On n'a jamais su ce qu'il est devenu. Bref, avec ça le chantier est resté à l'abandon un petit moment alors que la tour n'en était même pas au rez-de-chaussée. Et personne ne voulait investir pour reprendre le chantier. Du coup c'est le mari de la Baleine qui a repris les travaux avec son argent, il a fait construire le bâtiment qui

était prévu, il a décidé que ce serait une école et il a nommé sa femme comme directrice.
- En tout cas en faisant une école ici, il n'a pas anticipé les obsédés qui se mettraient à circuler autour en quête de chair fraiche, plaisanta sa voisine.
- M'en parlez plus, soupira une fille en bout de table. Pas plus tard que la semaine dernière, j'en ai vu un essayer d'escalader le grillage en pleine nuit !
- Quelle horreur !
- Et moi quand j'étais en Cinquième, il y en a un qui est entré en plein jour, il a collé sa tête contre la vitre du réfectoire, juste là ! »

Sonia frissonna. De l'autre côté de la table, Laura, qui n'avait pas prononcé un mot, se leva la première avec son plateau terminé.

CHAPITRE 22

A dix-sept heures, Sonia referma son manuel de géographie et quitta la salle de permanence pour la buanderie. Le hall s'était depuis vidé des élèves parties rejoindre leurs familles. *Génial, mes vacances !* Elle se rendit au sous-sol en ruminant sur son sort. *Plus que deux jours. Papa vient me chercher dans deux jours.*

Lorsque les machines furent remplies de draps et de serviettes encore humides, elle s'assit à même le sol et s'adossa à un panier de linge. Le bruit tonitruant des machines aiguisait la migraine qu'elle sentait poindre depuis le milieu de l'après-midi. Elle se sentait somnoler à cause du rhume et sortit *Les Contemplations* de Victor Hugo pour la maintenir éveillée.

Elle tourna la dernière page bien avant la fin du cycle et, assommée par son virus d'hiver et le bruit, elle s'assoupit contre le panier à linge.

« Oh merde ! »
Les machines étaient à l'arrêt. Placides et silencieuses, tenant le linge mouillé dans leurs entrailles. Sonia se leva à la hâte, un peu étourdie, et répartit le linge alourdi par l'eau dans la rangée de sèche-linges. Elle avait été réveillée par le son électrique des machines annonçant la fin de leur devoir qui s'était incorporé dans un

cauchemar dont elle n'avait déjà plus de souvenirs. Elle enclencha les machines et regarda sa montre. Elle avait dormi presque une heure. *Allez, encore deux heures de séchage, qu'est-ce qu'on s'éclate !*

Elle fit les cent pas dans la pièce en s'étirant, se motivait à rester éveillée. Au bout de trois tours de piste, elle décida que cela ne ferait pas l'affaire. Remonter chercher un autre livre semblait une meilleure option. Et les machines se mirent aussitôt à bourdonner en chœur.

Elle sortit de la pièce avec un soupir. Elle entendit une voiture entrer au parking alors qu'elle se tenait sur la première marche et, curieuse, fit demi-tour. Elle emprunta un couloir qu'elle n'avait jamais traversé et poussa tout au bout, avec un délicieux sentiment de transgression, un battant portant l'inscription *Réservé au Personnel*.

Le parking s'étendait sur un large périmètre éclairé au néon. Une Peugeot asthmatique achevait de se garer sur l'une des nombreuses places vacantes. Sonia reconnut une surveillante remplaçante derrière le volant. Elle se dissimula derrière un pilier, sachant qu'elle n'avait pas l'autorisation de se trouver là. La femme sortit une valise en cuir de son coffre quand une porte en fer marquée *sortie* grinça de l'autre côté du parking, suivie de martèlements de talons. La professeure d'anglais de Sonia traînait ses propres bagages vers sa Toyota et salua la surveillante lorsque leurs chemins se croisèrent. Les deux femmes, polies mais pressées, se souhaitèrent de joyeuses fêtes de fin d'année et, quelques secondes plus tard, les lieux sinistres se rendormirent.

Ah trop cool ! Sur l'autre côté du pilier était fixé un cendrier en métal où gisaient quelques mégots marqués de différentes nuances de rouge à lèvres. Elle sortit son paquet de cigarettes de sa poche et le secoua pour en extraire le briquet coincé à l'intérieur. Soudain, elle fut prise d'une crise d'éternuement décuplée par l'écho du parking, accompagné du cliquetis du briquet qui entama une longue chute sur le béton. *Saloperie de crève !* Elle se moucha, essuya ses yeux larmoyants et scruta le sol à la recherche du briquet. Au son, il avait dû glisser à quelques mètres de là où elle se tenait. *Te voilà ...* L'objet gisait en haut des marches d'un escalier raide et étroit qui descendait. Elle le ramassa et resta sur place, hésita entre remonter fumer et jeter un œil en bas de l'escalier avant de décréter qu'elle pouvait faire les deux. Elle glissa sa cigarette dans sa poche et descendit.

Elle se trouva face à une porte sans inscription, derrière laquelle, quelques pas plus loin au bout d'un couloir sombre, se tenait une porte identique. Elle s'ouvrit sur un second parking aux mêmes dimensions que celui qu'elle venait de quitter. *Rien de bien excitant*, conclut-elle, s'apprêtant à remonter.

Elle y renonça, toutefois, au dernier moment. Car il y avait quelque chose qui détonnait ici, par rapport au deuxième sous-sol. Elle embrassa l'ensemble de l'espace où dormaient une dizaine de voitures. Cela venait des véhicules. *La vache !*

Incrédule, l'adolescente longea le mur du garage à pas le loup. Les voitures garées ici n'avaient rien à voir avec celles du parking supérieur. Si l'étage du dessus abritait des voitures passe-partout et standards, il en allait de l'extrême inverse un cran plus bas. Car, autour de Sonia, garées de part et d'autre des deux véhicules tout à fait ordinaires, s'étalait ce qui ressemblait à une écurie de voitures de luxe. *Incroyable ! Papa serait comme un fou s'il voyait ça !* Les trois énormes Mercedes noires faisait ici figure de véhicules standards à côté des autres. Car y avait aussi deux Porsches, une Ferrari et deux autres voitures de sport étincelantes dont Sonia ne connaissait pas la marque.

Mais qui est assez riche ici pour se permettre de rouler dans des caisses pareilles ? A ce qu'elle en savait, le salaire d'un professeur n'était pas tout à fait le même que celui d'un milliardaire. *Remarque, la Baleine doit s'en mettre plein les poches avec les frais de scolarité. Donc c'est probable.* Cependant, elle avait du mal à s'imaginer Madame Fabre au volant de l'une de ces voitures. L'image rendait quelque chose de parfaitement anachronique. Personne, pourtant, parmi le personnel ne devait pouvoir s'offrir ce luxe. *Et Monsieur Bichot ?* Elle se souvint avoir surpris cette grosse montre à son poignet qu'elle avait jugé être une imitation. Sauf qu'il n'existait pas, d'aussi loin qu'elle sache, d'imitations de voitures de standing. *Mais qu'est-ce que j'en sais, aussi, peut-être qu'il dilapide tout son fric dans des goûts de luxe ? Ou qu'il a hérité d'une famille très riche ?* La notion d'héritage lui donna une hypothèse plus cohérente. Elle concernait le mari décédé de la directrice. *C'est peut être ça, vu qu'il avait beaucoup d'argent, peut-être qu'il collectionnait les voitures et que sa femme les a gardées après sa mort. Elle utilise ce parking pour que les voitures de son mari soient à l'abri.*

Un fait s'opposait à cette déduction pourtant la plus sérieuse. Le mari de Madame Fabre était censée être décédé depuis de nombreuses années. Or, les modèles de Mercedes présents parmi cette collections étaient très récents. L'une de ces voitures semblait même flambant neuve.

Un grincement métallique interrompit ses spéculations. Sonia plongea derrière la voiture devant elle et retint son souffle. Un homme vêtu d'un élégant manteau de laine marchait d'un pas décidé, un petite valise en cuir sombre à la main. *D'où il sort celui-là ?* L'homme avait une cinquantaine d'années et des cheveux argentés qui rebiquaient sur sa nuque. Sonia se pinça le nez pour s'empêcher d'éternuer. Elle avait déjà vu ce type. *Mais où !?* Il ressemblait furieusement à un invité venu donner une conférence à l'école deux mois plus tôt. Un chef d'entreprise à la tête d'une société de construction. *Mais qu'est-ce qu'il fout là avec une valise ? Il n'a aucune raison d'être ici ! Il n'y a pas de conférences pendant les vacances ... Et on est vendredi !Oui, c'est le lundi, les conférences. La sienne, c'était en octobre !! Qu'est-ce que c'est que cette histoire ?* L'intrus au sac de voyage s'arrêta devant l'une des trois Mercedes. La portière du conducteur s'ouvrit et un homme beaucoup plus jeune en sortit. Sonia perdit le peu de couleurs de son visage.

Putain c'est pas vrai ! Il était là depuis le début lui ! Elle ne l'avait pas vu assis dans la voiture à cause des vitres teintées. *Il m'a vue venir fouiner par ici ...* Mais si cela eut été le cas le jeune homme, stoïque, n'en laissa rien paraître. Il salua l'homme d'affaires avec une infinie politesse, lui prit sa valise pour la mettre dans le coffre et ouvrit la portière arrière du véhicule pour laisser entrer l'homme qui devait être son employeur. *Ça doit être son chauffeur personnel.*

Lorsque les deux hommes eurent disparu derrière les vitres noires de l'habitacle et que Sonia les entendit démarrer, elle se tassa au pied du mur et attendit, livide, que la voiture disparaisse.

Pourvu qu'ils ne m'aient pas vue.

CHAPITRE 23

Elle demeura accroupie dans le parking. Elle laissa un long intervalle de temps s'échapper avant de se relever trop vite et en être étourdie. Elle poussa la première porte en métal, puis la seconde. *Merde ! Où sont les escaliers ?* Dans son souvenir, les marches se trouvaient ici, juste après la deuxième ouverture. Elle ne voyait qu'un couloir qui tournait à angle droit. Elle parcourut les murs lugubres qui transpiraient d'humidité sur une dizaine de mètres et pressa l'ouverture se trouvant à l'autre bout. Toujours pas d'escaliers. Un autre long couloir. *C'est pas vrai... J'ai dû me tromper de porte dès le parking ...* Elle n'avait pas le courage de revenir en arrière. *Je trouverais bien une sortie en allant tout droit.* Elle commençait à se sentir oppressée et n'avait qu'un souhait. *Sortir au plus vite de ce couloir, vite, vite.* L'odeur moite, poisseuse, s'immisçait dans ses sinus en dépit du rhume. Elle commençait à avoir la nausée. Encore un angle droit. Et une autre porte au bout. Et cette odeur sale, dense, étouffante. *Des escaliers, des escaliers ...* Répétait-elle mentalement comme pour faire apparaître des marches par le seul pouvoir de sa pensée. Elle franchit le panneau de métal, plus épais que les précédents. Un espoir.

Et le vide.
Une salle carrée de béton. Une cave immense et vide dans les fondations. Les murs

crus et gris étaient surchargés de tuyaux de toutes tailles, s'entremêlant depuis le bas des murs sur tout le plafond, comme un réseau veineux de tôles. Cela faisait penser à un schéma de manuel de biologie. *Qu'est-ce que ...*

N'importe quelle adolescente catapultée dans cette pièce s'en serait détournée avec plus franc désintérêt. Pourtant Sonia resta figée sur place. Il y avait ici quelque chose de lugubre, une atmosphère singulière qui entravait ses mouvements, et, presque, sa volonté. Elle voulait sortir mais s'en empêchait avec autant de conviction. Elle voulait rester là, encore un instant. Comprendre ce qui la retenait, de façon si viscérale.

Le plus gros tuyau émergeait du sol et venait rejoindre le plafond, comme un énorme pilier. Il avait l'air immense, se reflétant au sol dans une grande flaque circulaire d'eau lisse. Sonia songea à une flaque d'eau de pluie. Mais cela lui semblait peu probable au troisième sous-sol. Peut-être était-ce une fuite. Il y avait ici des sons de gouttes d'eau régulières. Elle s'approcha de l'eau qui lui renvoya son reflet étonné à ses pieds.

Ce n'était pas une flaque. L'énorme tube plongeait dans un trou, comme pour y puiser l'eau qui courrait dans les canalisations de la tour immense. Une cavité d'eau stagnante. Cela ressemblait à un puits d'eau trouble. Un puits avec l'eau d'un étang. Fascinée, irrésistiblement attirée vers l'eau, Sonia mit un genou à terre et se pencha pour tenter d'en voir le fond.

La jeune fille en oublia de respirer. Le tuyau paraissait plonger dans l'infini. Un infini aquatique où dansaient calmement des choses vertes semblables à des algues. Une pellicule de mousse verdâtre recouvrait les parois, et enlaçaient le tuyau sondant le gouffre.

Sans fond.

A genoux, Sonia approcha sa main droite à quelques centimètres de la surface, effleurant l'eau tiède qui dessina de longs cercles autour de sa paume. Hypnotisée, elle y plongea la main entière.

« Aaaaaaaah !! »

Elle retira aussitôt sa main de l'eau, stupéfaite.

L'espace d'une fraction de seconde, sa main immergée dans l'eau, Sonia avait senti comme un flash, une électrocution, une chose indéfinissable. Une convulsion éclair et foudroyante. Elle l'avait sentie la traverser, dans son cerveau et jusqu'à ses veines, comme une migraine insoutenable d'une demie seconde. Un spasme de douleur irradiant tout son corps en commençant par sa tête.

Elle se releva d'un bond, haletante et effrayée, et s'écarta de la source.

Je me tire d'ici !

Elle tourna le dos à l'eau stagnante, à l'eau terrible qui semblait l'appeler. Elle se tenait face à trois portes en métal alignées et ne souvenait plus par laquelle elle était passée. Elle les ouvrit toutes. Toutes donnaient sur les mêmes couloirs sombres, étroits, luisants. Impossible de savoir par lequel elle était arrivée.

Elle sentait ses nerfs commencer à lâcher.

Au bord de l'hystérie, elle se jeta dans le couloir du milieu.

CHAPITRE 24

Elle traversa le couloir noir d'une démarche raide, impatiente. Elle n'en voyait pas le bout. Arrivée à l'angle, le passage s'achevait en cul-de-sac sur les portes d'un ascenseur.
Dieu merci !
Elle appuya sur le bouton d'appel. Aucun voyant n'indiquait un mouvement éventuel de la cabine. Elle patienta en tapant du pied, cala ses cheveux épais derrière ses oreilles et épongea la sueur de son front du revers de son pull en essayant de rassembler ses esprits. Elle avait terriblement mal à la tête, sentait ses veines palpiter dans son crâne.

Un faible grondement se rapprocha. Lentement, les câbles plongeaient la cabine jusqu'aux fondations de l'immeuble. Et les deux panneaux s'ouvrirent.

Sonia entra, chercha par réflexe le bouton du rez-de-chaussée. Les lettres RDC ne s'imprimant pas sur sa rétine, instinctivement, elle pressa le premier bouton qui ne comportait pas le signe « moins ». L'urgence était de s'extraire de ce sous-sol. *Peu importe l'étage.*

Les portes se refermèrent et l'ascenseur démarra. Sonia s'adossa à la paroi et souffla.

La cabine était différente de celle dans laquelle elle était montée avec la fille à la cheville foulée lors de l'inondation. Celle-ci lui parut plus spacieuse, plus propre. L'éclairage était moins cru, les parois ornées d'un revêtement de velours sombre.

Non, ce n'est pas du tout le même ascenseur.

L'ascension était longue. Son regard s'arrêta sur la rangée de boutons.

Tu m'étonnes, que c'est long...

Dans sa hâte, elle avait appuyé sur le seizième étage. Le chiffre scintillait, comme une provocation, lui indiquant le nombre d'étages qu'elle aurait à redescendre à pied dans l'état dans lequel elle se trouvait.

Soudain, ses yeux s'écarquillèrent d'incrédulité. Elle n'avait pas appuyé sur le numéro 16 par hasard. Elle avait pressé ce bouton précis par défaut. Car il se tenait juste au-dessus de celui du premier sous-sol. L'ascenseur reliait directement le sous-sol aux cinq derniers étages, passait du moins un au seizième sans desservir les étages intermédiaires.

Il s'agissait précisément de l'ascenseur *inverse* de celui par lequel elle était montée une première fois.

Mais c'est n'importe quoi ! J'avais jamais vu ça... Personne...

Tant pis pour la descente, conclut-elle. Parce que c'était trop tard.

Tout, et n'importe quoi, plutôt que d'errer une minute de plus dans le labyrinthe de ces sous-sols glauques.

*

Son cœur commença à battre plus fort à mesure que la cabine s'élevait. Elle fut secouée par une violente crise de toux et eut peur que la cabine ne se fige à cause de ses à-coups. Quand elle était enfant, sa grand-mère maternelle lui avait appris que si on ne se tenait pas tranquille dans un ascenseur, il pouvait s'arrêter, et rester coincé entre deux étages, plusieurs heures durant. Elle avait gardé cela en tête toute sa courte vie, veillant à se tenir immobile chaque fois qu'elle devait entrer dans un appareil, quel que soit son état. Elle craignait que sa toux concrétise la prophétie de sa grand-mère. Car personne ne savait qu'elle était là.

Sa toux se calma et elle se détendit en constatant que la montée ne s'était pas interrompue. Cela s'arrêta, pourtant. Elle eut une brève appréhension. Puis les portes s'ouvrirent.

Sonia cligna des yeux. L'ascenseur l'avait déposée dans un couloir obscur. Elle tâtonna à la recherche d'un interrupteur. Sa main effleura un bouton mural.

Une lumière faible et irrégulière éclaira le passage. Des ampoules reliées à des fils électriques pendus au plafond dont seulement la moitié fonctionnaient, révélant un couloir désolé. Désert et terriblement silencieux. Les murs étaient bruts, le sol sans autre revêtement que de la poussière. Quelques toiles d'araignées dans les recoins, abandonnées par les araignées elles-mêmes.

Cet étage semblait n'avoir jamais servi. Il n'avait jamais été aménagé. Les quinze premiers avaient dû suffire à loger toute l'école.

La poussière la fit éternuer.

Terminé ... Je n'avancerai pas d'un pas de plus dans cette saleté.

Elle regagna l'ascenseur pour tenter l'étage au-dessus. Sans grand espoir car ce devrait être pire encore.

Si c'est le cas tant pis, je redescendrai au premier sous-sol.

*

Lorsque qu'elle fut l'étage supérieur, elle fut surprise que le couloir fut déjà allumé. Il ne s'agissait pas là de l'éclairage approximatif du seizième étage. Ni de celui, glacial, de l'ensemble de l'établissement imprimant des masques maladifs sur les visages.

D'élégantes appliques de fer forgé diffusaient une lumière chaude, solaire, le long d'un couloir tapissé de la même moquette que celle de l'ascenseur. Un papier peint sombre barré de rayures fines recouvrait les murs.

Sonia crut rêver. Elle fit un pas au dehors, avança sur la pointe des pieds sur le tapis moelleux qui étouffait ses pas.

La vache... C'est magnifique !

Le rhume qui embuait son cerveau, les griffes d'acier qui lui labouraient le crâne de douleur rendaient la réalité comme un demi-rêve, dans lequel il n'était pas incohérent d'avancer, même si l'étage était bizarre, même si elle n'y comprenait rien. Elle n'était même pas certaine d'où elle était, elle se voyait, presque de loin, traverser une réalité parallèle.

Le couloir était ponctué de portes en bois laqué où étaient cloués des numéros dans un métal doré. Il n'y avait aucun bruit. Sur deux portes, Sonia vit de petites pancartes ornées de passementeries pendre aux poignées. Des pancartes comme à l'hôtel, mais sans inscriptions, juste un carton vierge couleur crème. *Qu'est-ce que ça veut dire ?* Elle y regarda de plus près. Rien n'y était indiqué.

Elle tourna dans le couloir et s'arrêta de justesse. Un pas de plus et elle trébuchait sur un plateau posé à même le sol, au pied d'une porte fermée. Elle se pencha, sans avoir la force de s'agenouiller. Elle craignait d'avoir un vertige en se relevant. Le plateau contenait une grosse cloche en argent tâchée d'empreintes digitales, un verre sale à côté d'une bouteille vide de vin blanc. Il y avait un petit pain dont la moitié avait été arrachée avec les dents, une rose rouge dans un vase minuscule et un exemplaire froissé du Figaro.

C'est peut-être la chambre de sa majesté la Baleine.

Mais si l'hypothèse était cohérente, qui utilisait les autres pièces ? Madame Jouannot, c'était probable. Mais pas le reste du personnel sur qui la Directrice régnait d'une main de fer. Sonia ne l'imaginait pas dormir à proximité de ses employés, ni les traiter avec autant d'égards. Et à ce qu'elle en savait, le personnel interne, professeurs comme cantinières, dormaient aux quatorzième et quinzième étage. La seule chose dont Sonia était intimement convaincue, d'instinct, était qu'elle n'avait aucun droit de se trouver là où elle était.

Elle se releva lentement pour éviter que le tête ne lui tourne. L'une des portes était entrouverte dans la pénombre. Elle progressa à pas prudents jusqu'à l'ouverture. *On y voit rien...* D'un geste délicat, elle pivota le panneau de bois de quelques centimètres en serrant les dents de peur qu'il ne grince. Mais les gonds jouèrent en silence.

C'était une vaste chambre au lit immense. La jeune fille de sentit projetée vivante dans la photo d'un magazine de décoration que son père achetait pour sa salle d'attente. Une rangée de coussins, de toutes dimensions et de tous les tons de bleu foncés, s'étalait le long d'une tête de lit capitonnée recouvrant un pan de mur entier. De lourds rideaux d'un tissu opaque dissimulaient les fenêtres. Sonia devina des penderies derrière de gros panneaux de bois sculptés. Il y avait un secrétaire, deux fauteuils recouverts de soie de part et d'autre d'une table basse. Au fond, une porte coulissante était ouverte sur une salle de bains de marbre noir.

Et Sonia sursauta. Il y avait eu un bruit, au fond du couloir. Un claquement de porte venant du secteur de l'ascenseur. Et des pas lourds sur la moquette. *Merde !! Il faut que je disparaisse d'ici tout de suite ! Comment je vais faire sans l'ascenseur !?*

Une bouffée de chaleur intense l'étouffait. Elle se mit à transpirer. *Si on me trouve ici je vais avoir de sérieux problèmes.* Rouge, en sueur, affolée, elle sortit à toute vitesse et s'engagea du côté encore inexploré du couloir, le sens opposé à celui d'où était venu le bruit. Encore des portes. Toutes fermées. Et les bruits de pas qui se rapprochaient. Ses nerfs commençait à lâcher. Elle se retint de fondre en larmes. *Ressaisis-toi ! Allez, tu peux le faire. Fonce.*

Elle courut sur la pointe des pieds dans un autre couloir désert. Son cœur battait de concert au son des pas qu'elle entendait. Elle revint deux pas en arrière. Elle avait cru voir quelque chose. Un porte différentes des autres. Autres dimensions, autre couleur de bois, autre inscription. *Ouf !!* C'était le dessin d'un escalier. Elle s'y précipita, si vite qu'elle abandonna toute discrétion au seuil du dix-septième étage.

CHAPITRE 25

Elle dévala les marches sans faire le compte des paliers. La cage d'escalier était en tous points semblable à celle empruntée chaque jour par les élèves. *Quand j'arriverai aux étages normaux*, pensa-t-elle, haletante, *ce sera l'escalier que je connais. C'est sûr. Après tout ira bien.*

Il n'y eut bientôt plus de marches. Le palier débouchait sur un couloir. Un panneau mural indiquait qu'elle se trouvait au treizième étage. Sonia se détendit, fit une pause. Elle peinait à reprendre son souffle. Le sourire qu'elle affichait lui donnait l'air d'une démente.

J'ai réussi ! Treizième, ok, c'est l'étage des Terminales. De là, j'ai plus qu'à retrouver les escaliers de d'habitude et redescendre comme si de rien n'était. Elle n'avança pas pour autant. *Il manque un truc ... Fais chier ... Qu'est-ce que je dis si je tombe sur une pionne à l'étage des Terminales ? J'ai rien à faire là, je vais me faire fumer ! Attends, calme toi. Réfléchis.*

Son nez commençait à couler. Elle massa ses tempes douloureuses à la recherche d'un prétexte qui la mettrait à l'abri de tout soupçon de déambulation inappropriée. Enfin, elle s'engagea dans le couloir en se calmant pour ne pas paraître essoufflée au cas où elle tomberait sur quelqu'un.

Elle marcha à une allure raisonnable en répétant mentalement sa phrase d'excuse. *Oui pardon, j'ai prêté un stylo à une fille de Terminale en étude tout à l'heure. Laura, elle s'appelle. Elle a oublié de me le rendre.* Elle tourna dans l'angle du couloir, tout à son exercice. *J'ai prêté un stylo à Laura et ...*

Elle oublia soudain son histoire de stylo fictif.

Devant elle, le couloir sombre tournait. Et tournait encore. Il n'en finissait pas. *Garde ton sang-froid et avance. Un couloir ça dure pas toute la vie, tu te calmes.* Elle progressa sur plusieurs tournants et perçut enfin une lumière plus intense tout au bout. *Ça y est j'y suis ...*

Il n'y avait pas d'ouverture. Ce qu'elle avait pris pour une sortie était en réalité un pan de mur transparent, comme une vitrine donnant sur une chambre vide avec un lit fait au carré. Une chambre individuelle typique du pensionnat. *Bizarre.*

Elle longea la paroi transparente, traversée d'un sentiment de malaise. L'instant d'après, elle se figea. Elle se trouvait face à face avec une fille de Terminale. Pourtant, l'élève ne semblait pas surprise. Elle continuait de se brosser les cheveux les yeux dans le vague, regardant comme à travers Sonia sans se rendre compte de sa présence. Innocemment, la jeune fille répétait son mouvement du poignet, faisant glisser la brosse du sommet du crâne jusqu'à la pointe de ses cheveux châtains. *Comme si elle se regardait dans un miroir et que ...* Sonia respira plus fort. Son cœur s'affola. C'était *elle*, qui se trouvait de l'autre côté du miroir. C'était elle, que l'autre fille ne pouvait pas voir. Un instant, la jeune fille à la brosse parut étonnée, cessa de se coiffer et fit rouler ses yeux autour d'elle, comme cherchant d'où venait cette respiration invisible. Paniquée, Sonia recula dos au mur. Puis la fille reprit son brossage.

Sonia avait la bouche sèche. Ses jambes la soutenaient à peine. Elle se glissa de côté pour ne plus avoir cette sensation dérangeante *d'espionner* l'autre fille qui ne pouvait la voir.

Elle fit face à une autre chambre vide.

Quelques pas plus loin, dans celle d'à côté, une autre élève remplissait la gueule d'une valise béante sur le sol en discutant avec une camarade qui feuilletait un magazine vautrée sur son lit. Les deux filles ne firent pas mine de lever la tête.

Elle se remit en route, d'un pas ferme, circula entre les chambres vides, avant de tomber sur un escalier.

A l'étage des Premières, le labyrinthe transparent poursuivait son parcours entre les chambres vides. *C'est pas possible. Ce n'est pas possible*, psalmodiait-elle en continu, les lèvres serrées.

Il y avait des bruits d'eau, de conversations englouties qui se rapprochaient de l'autre côté des parois. Bientôt, elle se trouva devant deux filles de Première qui se douchaient en discutant à tue-tête à travers les rideaux de douches mitoyennes. Juste devant Sonia, comme si elle était son reflet, une élève frictionnait sa tête enduite de shampoing. Elle ne la voyait pas.

Sonia se couvrit la bouche de la main pour étouffer un hurlement et considéra ce qu'elle voyait les yeux exorbités. Non ce qu'elle voyait mais ce qu'elle venait de saisir.

On nous espionne dans les murs. C'était cela, les miroirs partout dans les couloirs et les angles bizarres. Des vitres sans tain. Qui passait de l'autre côté pouvait observer les élèves. *On m'a regardée prendre ma douche ...*

Elle sentit la tête lui tourner.

*

Sa tête brûlante était trop lourde pour son corps. Ses mains moites étaient glacées, une transpiration abondante imprégnait le dos de son pull, plaquait ses cheveux graissés à son crâne douloureux. Elle entendait sa propre respiration comme un écho. Et, plus furtif, un autre son vint s'imprimer par-dessus. Un bruit de pas étrange. Un pas sans semelle. Un pas *moite.* Un son qui se rapprochait sans qu'elle pût savoir s'il venait de l'école où des coulisses où elle se trouvait.

Elle courut quelques pas sur la pointe des pieds et se posta derrière l'angle suivant. Silence. Plus un son ne lui parvint. Elle attendit encore, guetta le bruit le cœur battant. Rien.

Prudemment, elle pencha la tête dans l'angle devenu mort, afin de s'assurer qu'il n'y ait personne avant de reprendre son chemin.

Il y avait quelqu'un, dans le couloir. Un homme qui regardait les filles dans les douches à travers la vitre. Il n'avait pas vu Sonia, trop concentré par sa séance de voyeurisme. Elle ne le vit qu'une seconde. Mais ce qu'elle vit s'imprima sur sa rétine. Elle se sentit perdre l'équilibre, se laissa glisser aux sol de l'autre côté du mur.

L'homme ne semblait pas habillé, mais *gainé*, comme dans une combinaison d'un vert sombre et luisant. La couleur s'étalait à toute sa peau, le couvrant jusqu'au sommet du crâne. Comme si c'était sa vraie peau. Comme si cette chose d'un aspect mouillé qui le recouvrait entièrement constituait son véritable épiderme. Les veines saillaient de ses cuisses, de ses bras et de son front, sous la peau verte. Ses mains et ses pieds étaient comme gantés et palmés, une excroissance de peau fine reliait les doigts entre eux. Et son visage difforme, sous une masse de cheveux noirs, ressemblait à celui d'un batracien.

Le monstre braqua la tête vers Sonia.

Elle eut le temps de disparaitre. *Il ne m'a pas vue, il ne m'a pas vue*, se jurait-elle en rampant à même le sol. Elle entendit ses pas spongieux se rapprocher. S'il ne l'avait pas encore vue, ce ne serait bientôt plus qu'une question de secondes. Elle n'avait pas le temps de se relever. *J'y arrive pas ! Il va me voir !* Elle rampa vers l'angle suivant, à une vitesse de serpent, se tortillait aux sol en ravalant ses sanglots, réprimant ses hoquets de terreur.

Elle parvint à se relever. Des courbatures fulgurantes qui lui lacérèrent les jambes lorsqu'elle fut debout. Un instant, elle crut rester paralysée sur place, clouée de douleur et de peur, à la merci de l'homme luisant qui s'approchait. Et qui allait la trouver là, au milieu du couloir.

Elle courut, se projeta à toute vitesse le long des murs, évitant de justesse les angles par réflexe. Bientôt apparut l'escalier dans lequel elle se jeta.

Elle traversa son étage, passa en courant devant sa propre chambre et continua sa course cette fois brouillée par les larmes. Elle passa l'étage des Troisièmes, puis chaque étage du collège où elle aperçut furtivement les pré-adolescentes vaquer à leurs activités comme si de rien n'était. Elle traversa en furie les trois étages déserts des salles de classe sur lesquelles on avait une vue panoramique depuis l'intérieur des murs.

La tête lui tournait, de plus en plus. Elle descendait encore. Elle vit la piscine de l'autre côté. Son eau dormante et placide dans la quasi-obscurité. *J'y suis presque ... presque !!*

Un étage plus bas, le tube de verre géant s'achevait sur une lourde porte.

Et Sonia, quelques secondes plus tard, se retrouva au point de départ.

Debout au milieu de la buanderie, seule devant les machines qui hurlaient comme si elle n'était jamais partie.

Elle tituba, chercha un appui, elle se sentait brûlante, secouée de tremblements incontrôlables. L'instant d'après, elle aperçut le sol se rapprocher de sa tête, sans comprendre que c'était elle qui tombait.

CHAPITRE 26

« Hé ! Blanche-Neige !
- Mmmm ...
- Allez, debout ! Les machines sont finies depuis longtemps. On m'a envoyée voir ce que tu fabriquais en bas depuis le temps. C'est pas un endroit où faire la sieste ! »

Sonia sentait vaguement qu'on la secouait par l'épaule. Elle ouvrit un œil, mais l'image n'était pas nette.

« Ça va pas Miss ? »

Elle vit une main glacée venir s'appliquer sur son front. Si froide que le contact de cette peau inconnue la brûla. Elle poussa un cri, en même temps que la personne penchée sur elle.

« Mon Dieu ! C'est une grosse fièvre ... »

Sonia ouvrit son deuxième œil. Une surveillante de permanence était agenouillée au-dessus d'elle, l'œil inquiet, au beau milieu de la buanderie.

« Je pense que tu as fait un malaise plutôt qu'une sieste. Tu peux te lever ? »

Trop faible pour répondre, Sonia fit un signe de tête sans prendre la peine de dessiner un oui ou un non. Elle n'était même pas certaine d'avoir tout à fait bougé la tête.

« Bon allez. Je vais t'aider. Tiens-toi prête. A trois, tu es debout, d'accord ? Un ... deux ... trois ! »

La surveillante hissa Sonia comme un poids mort. L'adolescente se laissa faire, enchaina des pas léthargiques et désynchronisés, appuyée de tous son poids sur l'inconnue qui l'aida à marcher.

*

Sa tête était comme remplie de coton lorsqu'elle se réveilla. Une pulsation lui comprimait le cerveau par intermittence. Elle avait aussi chaud qu'elle se sentait gelée. Et l'impression que le sang de ses veines charriait du verre pilé dans tout son corps.

Autour d'elle, la pièce devint plus nette. Le matelas dur était celui d'un des lits de camps de l'infirmerie dont elle reconnut le décor morne.

L'infirmière lui apparut en double. Les deux femmes hésitèrent, se brouillèrent avant de se fondre en une seule en s'approchant d'elle. Elle tenait un gros comprimé blanc entre son pouce et son index.

« Tenez, prenez encore ce médicament » dit-elle d'une voix ferme.

Sans attendre de réponse, la femme lui souleva sa tête, glissa le comprimé entre ses lèvres desséchées et l'aida à boire dans un gobelet. Sonia eut la sensation d'avaler un chardon avec de l'eau gelée, tant sa gorge était enflée.

Elle fit mine de se redresser dans le lit mais manquait de forces. Elle parvint à articuler, avec une voix nouvelle, tordue, qui lui fit peur.

« Est-ce que je peux téléphoner à mes parents ?
- Certainement pas. Vous n'êtes pas en état de vous lever. Vous devez absolument vous reposer. »

Elle n'eut pas la force d'insister. Aussitôt, elle se sentit irrésistiblement happée par la fatigue.

*

Lorsqu'elle émergea à nouveau, elle était seule dans l'infirmerie. Le hall entier s'était endormi. L'horloge murale indiquait vingt-trois heures dix. Elle écarta les draps humides en secouant mollement ses jambes douloureuses et posa les pieds sur le sol froid. Elle prit appui sur ses bras pour s'extraire du lit et attendit un instant que la pièce cesse de tourner autour d'elle.

Elle dut se tenir aux murs, les longer en y imprimant la paume des mains pour tenir debout. Sa progression hors de la pièce sembla durer des heures, le vertige était tel qu'elle se sentait marcher à plusieurs mètres du sol. Elle parvint, au prix d'intenses efforts, jusqu'au secrétariat. De là, elle lâcha le mur et pris son élan pour se laisser tomber sur le fauteuil derrière le comptoir. Le téléphone était là, posé devant elle.

Elle composa le numéro de ses parents en appuyant fort sur les touches de ses doigts tremblants.

« Allô ? fit une voix inquiète d'être dérangée à cette heure tardive.
- Maman-Papa, articula Sonia qui n'avait pas saisi qui des deux avait décroché.
- Sonia ? C'est toi ? »

Elle n'identifiait toujours pas la voix.

« Maman, Maman-Papa ... oui ... Il y a des grenouilles dans les murs.
- Hein ??
- Des crapauds qui espionnent, papa.
- Sonia enfin qu'est-ce que tu racontes !?
- ...
- Sonia ?
- Je les ai vus, maman. »

Le combiné lui fut brusquement arraché des mains. La voix sèche de l'infirmière lui parvint comme amplifiée mille fois.

« Oui, bonsoir ... Oui, désolée pour le dérangement ... Non, non, ne vous inquiétez pas. Votre fille est souffrante. Elle a eu un petit malaise en début de soirée mais nous veillons sur elle. Elle sera bientôt rétablie ... Non, bien sûr. Ah vous êtes médecin ! ... oui ... oui ... Oui nous lui avons donné ce qu'il faut ... Oui, pour dormir aussi, mais elle s'est relevée pour vous téléphoner ... Exactement ... »

Malaise ... Malaise ... Mal ... Mal ... revenait le mot à l'infini dans sa tête.

Sonia s'affala sur la chaise de bureau, assommée par la fièvre.

CHAPITRE 27

Elle mit de longues minutes à reconnaitre sa chambre dans l'obscurité. Lorsque ses yeux se furent habitués à la pénombre, elle se leva. Elle fut aussitôt prise de tremblements glacés et avança fiévreusement en se frictionnant les bras.

Doucement, elle avança dans le couloir, inhabituellement plongé dans le noir. Elle allait vers les toilettes, se souvint péniblement du chemin. Son pas était plus léger, plus terrien. Elle boitait, néanmoins, au vu de ses multiples reflets dans les miroirs des couloirs.

Je me suis perdue.

Elle n'avait pas trouvé la salle bains, ou avait marché trop loin. Elle savait qu'elle était derrière les miroirs mais ils semblaient s'être refermés sur elle. Elle craignait désormais de ne plus jamais retrouver sa chambre.

Je suis coincée. Dans le couloir.
Je ne sortirai jamais du couloir.

Croa ! Elle tourna la tête, vaporeuse. *Croa ! Croa !* Sa vessie se comprima. *Croa ! Croa ! Croa ! Croa !*

J'ai peur, j'ai très peur.

Le bruit se multipliait dans les murs. Un bruit identique à celui que la Directrice avait fait dans son bureau. Un genre d'éructation par la gorge. Une sorte de ... coassement. Des sons de batracien.

Ils sont partout derrière les miroirs ! Ils me voient !

Croa ! Croa ! Croa ! Les sons se firent encore plus fort. Elle se boucha les oreilles, failli perdre l'équilibre. La migraine lui transperça les yeux. Elle cria de douleur.

Des ombres se dessinaient derrière le miroir. Des ombres furtives, immenses et épaisses, aux têtes difformes passant par dizaines. Elles couraient en tous sens, avec le bruit d'un troupeau de chevaux.

Mon Dieu non ... Non non non non non ....

Derrière les silhouettes démentes, il y avait quelque chose de plus net, qui se dessinait au-delà des miroirs. Sonia pouvait voir la salle de bains en transparence, mais ne pouvait pas y accéder. Elle voyait à travers les murs Chloée hurler dans une cabine de douche. Elle fixait Sonia d'un air terrifié, les yeux globuleux, la peau verte et luisante, qui s'ouvrait sur les flancs. Elle hurlait au secours sans que Sonia ne l'entende sous les coassements.

Laissez-moi sortir ! supplia Sonia, sans savoir à qui.

Elle tourna le dos à Chloée et, atterrée, laissa retomber ses bras le long du corps.

Il n'y avait plus de bruit. Un silence épais, visqueux. Le silence d'avant quelque chose. Un silence terrible. Et elle était dans sa chambre. Elle n'avait pas quitté le couloir mais se trouvait face à sa fenêtre.

La lune, pleine, énorme, lévitait au-dessus de la zone industrielle, crevant le brouillard. Une brise acérée entrait par la fenêtre que Sonia n'avait pas ouverte. Elle sentit une vibration. Quelque chose qui avait lieu à l'extérieur, mais près. Elle pencha la tête pour voir en bas.

Cela ne se passait pas en bas. Cela avait lieu sur le mur de la tour.

Des hommes par dizaines escaladaient la façade. Tous les rôdeurs qui tournaient autour de la zone des Prés Verts, ceux que Sonia avait déjà vus et d'autres encore, avaient franchi la grille d'enceinte. Et ils *montaient*.

Certains plantaient des pioches, d'autres se hissaient à mains nues, rampaient comme des limaces le long des étages. L'un deux leva la tête et lui offrit un sourire, acéré de dents trop longues. Celui d'à côté, plus près, grimperait bientôt à sa fenêtre, il progressait vite sur ses mains et ...

« Bonsoir Princesse », fit une voix rocailleuse.

Sonia se retourna.

Il y en avait déjà un dans sa chambre.

Elle hurla.

CHAPITRE 28

Le ciel gris clair charriait de gros flocons épars. Sonia se redressa brusquement dans son lit. *Quel cauchemar horrible j'ai fait ! On dirait qu'il a duré une vie ...*

Elle fut prise d'une légère toux, et son ventre prit le relais, entonnant un geignement à fendre l'âme. *Je MEURS de faim,* pensa-t-elle en s'étirant. Elle grimaça. Son pyjama avait une odeur aigre de transpiration séchée. Le tissu était raide sur sa peau. Ses cheveux lui collaient au crâne et ses draps semblaient avoir servi un siècle sans avoir été lavés. Elle se sentait poisseuse.

La table de chevet était en désordre. Un amas de mouchoirs froissés parsemait des boites de médicaments et de sirops entamés. Il y avait une carafe d'eau à demi vide et un gobelet sale.

Elle but à même la carafe et se leva.

Elle traina son corps engourdi vers la salle de bains, frottant ses chaussettes contre le sol.

Des pas retentirent à l'étage et une surveillante de permanence apparut, souriante.

« Enfin, tu es debout ! » dit-elle.

Merde ... J'ai dû faire une super grasse matinée. Mais c'est bizarre, elle devrait me passer un savon, justement. Pourquoi elle a l'air contente que je ne me sois pas levée à l'heure ? Elle prend de la drogue ?...

« Euh, oui, répondit-elle en se grattant le cuir chevelu qui la démangeait. Pardon, je n'ai pas entendu mon réveil. J'ai passé une mauvaise nuit, avec plein de cauchemars. J'ai eu de la fièvre, je crois.
- Plus d'une mauvaise nuit, ma pauvre enfant.
- Comment ça ?
- Ça fait deux jours que tu dors.
- Quoi !? »

Sonia fixa la surveillante, qu'elle jugeait d'humeur à plaisanter. Elle ne pouvait croire qu'elle avait dormi deux jours.

« Je suis ravie de voir que tu es sur pied.
- Deux jours ?
- Oui, tu es restée au lit deux jours. Tu as eu une grippe carabinée. Le virus est particulièrement sévère cette année. »

Sonia réfléchit. Il lui semblait vaguement se rappeler de s'être réveillée à l'infirmerie. Elle se voyait en train d'essayer d'appeler ses parents à propos d'une grenouille qu'elle avait vue dans son rêve. Elle ne se souvenait plus si elle avait effectivement téléphoné ou non pour dire … ça. *C'est pas vrai... Il ont dû me prendre pour une possédée si j'ai vraiment appelé... Ils doivent s'inquiéter.*

« Est-ce que je pourrais téléphoner à mes parents pour leur dire que je vais mieux ?
- Oh ce n'est pas la peine. »

Comment ça pas la peine ? Pour qui elle se prend de savoir si ça vaut la peine ou pas de rassurer mes parents ?

« Ton père doit être sur la route. Il sera là pour treize heures.
- Ah bon ? Pourquoi ? Vous lui avez demandé de venir me chercher ?
- Non, il vient comme c'était convenu te récupérer aujourd'hui pour trois jours.
- On est déjà lundi !?
- Oui. Et je te conseille de te dépêcher. Il est bientôt dix heures. »

La surveillante sourit devant l'air consterné de l'adolescente.

« Tu as peu de temps, file ! »

La seconde suivante, Sonia fonça comme une torpille à travers l'étage vide. Elle avait moins de trois heures pour se doucher, engloutir son petit déjeuner et préparer ses sacs. Elle n'avait pas le temps de penser. Juste d'être heureuse.

*

Entourée de ses trois valises, elle resta plantée comme un drapeau dans le hall. Elle ne cessait de consulter l'horloge depuis qu'elle était descendue trop en avance attendre son père de pied ferme. Non pas qu'il lui manquait, car elle lui en voulait comme au premier jour, à lui et sa mère, de l'avoir faite interner ici. Mais qu'elle lui en veuille ou non, elle était obligée de guetter son arrivée avec impatience. Parce qu'il était le moyen logistique de la ramener dans son foyer.

Treize heures huit ! Putain qu'est-ce qu'il trafique ? ... Et s'il ne venait pas ?... T'imagines, s'il venait pas ? Tu resterais là pour Noël. Toute seule avec la Baleine. Si il y avait un problème sur la route à cause de la neige, voilà comment ça pourrait finir. La dépanneuse jusqu'à Paris. Et toi ici, abandonnée comme une merde.

Mais lorsque Maxime Pruneveille traversa le hall et marcha vivement vers sa fille, celle-ci l'embrassa avec un peu plus de chaleur que prévu. *Il ne le mérite pas, c'est vrai, mais après tout, il est venu. Il ne m'a pas abandonnée.*

« Alors la survivante ? fit-il en ébouriffant ses cheveux fraîchement coiffés. C'est une sacré grippe que tu as attrapé à ce qu'on m'a dit !
- Ouais.
- J'ai t'ai pris une couverture si jamais tu veux dormir sur la banquette arrière pendant le trajet. Et j'ai emmené des médicaments. Ils sont dans la boîte à gants.
- C'est pas la peine, c'est fini. J'ai été soignée ici.
- Bon, alors allons-y, fit-il en empoignant deux valises.
- Bonnes vacances ! lança la secrétaire depuis son comptoir.
- Merci », répondit Sonia du bout des lèvres.

Bonnes vacances … T'as raison. Je suis de retour dans trois jours, pauvre imbécile …

Elle ne sentit vraiment libre que lorsqu'ils franchirent la grille, des flocons fondus sur les cheveux. La Saab l'attendait face à la tour sur le parking extérieur. Une fine pellicule de neige s'était formée sur le toit. Elle se hâta de s'installer sur le siège passager tandis que son père rangeait ses valises dans le coffre.

Elle leva les yeux vers le haut de la tour. Les cinq derniers étages étaient les seuls du bâtiment à n'avoir aucune lumière à leurs fenêtres. Il n'y avait rien, là-haut. Des vitres mortes, inanimées. *J'ai fait un sacré cauchemar. Je m'en souviendrai longtemps, de cette fièvre. Plus jamais.* Qu'elle ait véritablement eu ses parents au téléphone pour leur parler de grenouilles, finalement, n'avait pas une importance capitale. Les adultes, parents inclus, avaient toujours dit d'elle qu'elle avait *trop d'imagination*, expression prononcée avec une moue de dédain, comme s'il s'agissait d'une tare honteuse.

Maxime Pruneveille réchauffa le moteur et fit reculer la voiture pour sortir du parking. *Enfin !...* Il manœuvra le long de la clôture de fil de fer et passa derrière le bâtiment pour regagner la départementale. Au passage, Sonia aperçu l'entrée du parking de service. La Mini d'une surveillante sortait du garage en crachotant.
Tout est strictement normal.

Après les premiers kilomètres sur l'autoroute, constatant l'hermétisme de sa fille à tout sujet de conversation, Maxime haussa le volume de l'autoradio sur une station de musique classique.

A part ce bruit de fond constant, le trajet se fit sans un mot jusqu'à Paris.

CHAPITRE 29

Lorsque la maison tant aimée de son enfance fut enfin en vue du bout de la rue, Sonia fut déconcertée de ne pas ressentir l'émotion qu'elle imaginait pour son retour. En lieu et place d'une excitation frôlant l'hystérie, elle ne ressentait qu'un morne soulagement teinté d'indifférence. *Qu'est-ce qu'il m'arrive ?*

S'il était une absolue vérité qu'elle préférait se trouver ici qu'aux Prés Verts, elle n'irradiait pas de joie. Au fond d'elle, quelque chose lui disait qu'elle n'aurait jamais dû quitter sa maison. *D'accord, mais ce n'est pas moi qui prends les décisions. Si seulement ...*

Les décrets venaient de celui qui trainait désormais les valises jusqu'au porche, et de celle qui ouvrit la porte pour l'embrasser en lui prononçant un chaleureux :

« On va bientôt passer à table, tu as trois quarts d'heure pour vider tes sacs et me donner ton linge sale avant le dîner. Dépêche-toi ».

Parvenue au sommet de l'escalier grinçant où la moquette saumon faisait toujours une vague sur le palier, elle entra dans sa chambre. La pièce aux tons rose poudré était telle qu'elle l'avait abandonnée, rien n'avait changé.

Fabio l'attendait au milieu du lit. Le félin se leva aussitôt et s'approcha, comme incrédule, surpris du retour de sa maitresse qu'il pensait ne jamais revoir et dont il avait hérité de la chambre.

« Oh mon chat viens ici me dire bonjour ! Vite vite ! » dit-elle en ouvrant grand les bras.

Fabio parut hésiter. Il s'arrêta sur bord du lit. Puis il recula. Sonia ne l'avait jamais vu faire ça.

« Espèce d'idiot, tu m'as oubliée ou quoi ? Enfin mais c'est moi ! Allez, viens dans mes bras ».

Le chat la toisait comme une intruse. Pire, l'espace d'une seconde, elle aurait juré qu'il avait peur d'elle. *C'est ridicule ! Allez ça suffit.* Elle attrapa Fabio pour le serrer contre elle. Le chat rugit et se débattit en tous sens.

« Aïe ! Mais t'es malade ! »

Le chat, toutes griffes dehors, harponna l'épaule de sa maitresse pour sauter par-dessus et s'échappa par la porte restée ouverte.

*

Elle s'installa à table avant le dernier appel de sa mère à travers la maison, celui qui ressemblait plus à un hurlement qu'au deux premiers cris d'avertissement. Sonia jeta un œil de dépit au rôti. Elle avait toujours détesté ce plat.

« J'ai fait un tiramisu pour le dessert », annonça sa mère, pour équilibrer la vision du rôti avec l'annonce de son dessert préféré.

Geneviève Pruneveille rompit le silence en entamant sa deuxième tranche de viande.

« J'ai vu que tes résultats s'amélioraient, c'est bien.
- Oui, fit Sonia. Comme ça je pourrai retourner dans mon école l'année prochaine.
- Ça on verra. Tu es consignée pour manque de discipline pour les vacances. C'est à prendre en compte.
- C'était pas ma faute.
- Tu t'es battue toute seule contre trois élèves et ce n'est pas ta faute ?
- C'était pour défendre une élève, protesta Sonia. Ces filles étaient en train de la noyer dans la cuvette des toilettes.
- Ce n'est pas ton problème. Et le nôtre non plus. Voilà le résultat. Des vacances gâchées.
- Et, sinon, elles sont sympas tes copines de classe ? Il y a une bonne ambiance ? » demanda Maxime.

Le pauvre homme reprit contenance en disparaissant brièvement derrière le tissu de sa serviette. Il avait maladroitement tenté de changer le sujet de conversation dont le ton risquait de monter mais les dernières répliques de sa fille donnaient déjà un élément de réponse. Il s'en était rendu compte après coup.

« Ouais. Trop bonne ambiance.
- Ah oui, fit-il, perdu entre l'ironie de sa fille et de désir de paix sur son foyer.
- Super papa. Les filles sont su-per. Je suis en train de me faire des copines à la vie à la mort. Mais *surtout* à la mort.

- Tu vois, ce n'est pas si terrible, intervint sa mère en reposant son verre de vin.
- Non. Ma séparation avec mes amies d'internat pour les vacances me brise nettement le cœur en deux. »

Le reste du dîner fut une succession de tentatives de questions maladroites suivies de réponses prononcées du bout des lèvres, sans tension mais sans chaleur. Dotés d'une mauvaise foi assez occultante pour ne pas s'en rendre compte, les parents Pruneveille n'étaient pas des champions de la communication.

Lorsque Sonia se leva pour aider sa mère à débarrasser la table de mauvaise grâce, le père demanda à sa femme à travers la transparence dont semblait se constituer leur fille, si elle voulait regarder un film. Geneviève acquiesça, et Maxime se souvint de la présence de leur progéniture. Sonia déclina la proposition. *Vous avez l'air tellement bien sans moi, je ne voudrais surtout pas vous embarrasser de ma présence.*

Elle remonta à l'étage et se fit couler un bain moussant. Elle se glissa dedans avec délice. *Enfin de l'eau normale, claire et sans odeur bizarre.*

Elle resta une heure dans l'eau, jusqu'à ce qu'elle fut devenue tiède.

CHAPITRE 30

« Qu'est-ce que tu fabriques à t'agiter comme ça depuis tout à l'heure ? demanda Geneviève en ouvrant les rideaux du salon sur le ciel gris.
- J'attends qu'il soit neuf heures pile pour téléphoner à Vanessa. »

Sonia s'était levée et préparée tôt ce premier matin, et faisait les cent pas autour du téléphone posé sur la console de l'entrée depuis dix minutes, trop excitée pour s'assoir sur le fauteuil installé à proximité. Elle consultait convulsivement sa montre, impatiente. *On n'appelle jamais les gens avant neuf heures du matin ou après neuf heures du soir, cela ne se fait pas*, lui avait appris sa mère. Elle sautilla sur place les trente dernières secondes avant l'heure acceptable et se jeta sur le combiné.

La tonalité sonnait dans le vide. Personne chez Vanessa ne décrochait. Déçue, elle abandonna après deux minutes d'attente. *Je réessayerai plus tard, ils sont peut-être sortis.* Elle composa le numéro d'Elodie. Ce fut la mère de cette dernière qui décrocha presque aussitôt.

« Oh Sonia, comment vas-tu ? Je regrette, ma jolie, mais Elodie est en Normandie chez ses grands-parents. Tu veux que je te donne leur numéro ?
- Ah, non, merci ... Je crois que je l'ai. C'est surtout que j'aurais aimé la voir.

- Je suis désolée. Mais tu la verras la prochaine fois ! Passe un Joyeux Noël, et embrasse ta maman pour moi. »

Elle tenta de joindre une autre copine qui habitait à deux rues d'ici, mais personne ne répondit. Elle raccrocha, composa un autre numéro, et se laissa choir de soulagement sur le fauteuil lorsque Louis répondit.

« Sonia ?
- Louis ! Enfin quelqu'un qui décroche !
- Oui c'est moi ahah ! Tu vas bien ?
- Super ! Je viens de rentrer à Paris. Quoi de neuf ?
- Attends une seconde … Oui papa ? … »

Sonia perçut une agitation et des ordres étouffés par une main posée sur le micro.

« Ouais, reprit-t-il, excuse-moi mais là j'ai carrément pas le temps. On est en train de charger le coffre. On part dans un quart d'heure et je dois aider mes sœurs à tout porter.
- Vous partez pour les vacances ?
- Ben ouais ! T'es drôle ! Bon je dois me grouiller, je suis désolé.
- Attends, attends ! Tu sais où est Vanessa ? J'ai pas réussi à la joindre.
- Vanessa ? Bah oui normal, elle est partie au ski avec ses parents.
- Ok merci. Bonne vacances.
- Oui oui ! On se voit la prochaine fois sans faute !
- Ça marche. »

Tout ça pour ça. Tous ces mois à ne rêver qu'à ce moment pour se retrouver aussi seule qu'au pensionnat. Génial.

Dépitée, elle resta affalée un long moment à se demander quoi faire d'elle sans les autres.

« Tu veux m'accompagner faire des courses ? » proposa sa mère lorsqu'elle comprit, à sa mine sombre, que les plans de l'adolescente étaient tombés à l'eau.

*

C'est une bonne idée, en fait, songeait-elle en suivant sa mère dans les allées du Monoprix envahies de clients courant à leurs derniers achats de Noël. Elle avait besoin de racheter des choses pour le pensionnat et il valait mieux le faire ici et maintenant. Elle n'était pas sûre de vouloir retourner au supermarché de la Zone Industrielle. Et elle craignait de se voir obligée de s'y rendre avec Alix ou Marianne et de redouter chaque seconde la prochaine crasse qu'elle lui réserveraient.

Elle s'avoua de mauvais cœur passer un moment *presque agréable* avec sa mère. *Pour une fois.* Geneviève déambulait d'un pas décidé avec le caddie qu'elle remplissait d'articles pour sa fille, s'assurant avant de quitter chaque rayon que Sonia n'ait rien oublié.

Elle fronça les sourcils au moment où elle la vit remplir le charriot d'une grande quantité de flacons de laits hydratants.

« Tout ça !? Tu es sûre ?

- Sûre.
- Mais … tu n'en mets jamais d'habitude, si ?
- Non mais là-bas j'en ai besoin.
- D'accord, mais pas autant non ? Ça va être lourd dans ta valise, avec tous ces étages à monter.
- C'est pas grave. L'eau du robinet est bizarre, là-bas. Chaque fois que je sors de la douche, j'ai la peau super sèche, ça tire, c'est hyper désagréable.
- Ma pauvre chérie » fit-elle mine de compatir.

L'ironie de sa mère la fit bouillir. Geneviève se sentait trop souvent le besoin d'être narquoise lorsque l'adolescente lui confiait un malaise mineur. *C'est toujours comme ça avec elle ! Jamais sympa plus de cinq minutes d'affilée, sinon c'est trop, des fois qu'on reste coincé à être agréable toute sa vie !* Elle brûlait d'envie d'exprimer ses propres sarcasmes à voix haute mais s'en abstint. En parlant de l'eau, l'image de Chloée paniquée lui exhibant sa peau verdâtre et boursouflée lui était revenue à l'esprit. Elle n'était plus d'humeur pour une joute verbale stérile.

Comment c'est possible ? Quel genre d'allergie provoquait une telle abomination ? *Papa devait le savoir, il est médecin, il connait. Je pourrais lui demander.*

Mais, pas plus qu'avec sa mère, elle n'avait aucune envie de converser avec lui.

*

Dans sa chambre, elle fouilla le cabas contenant ses affaires de cours qu'elle n'aurait pas envisagé toucher de tout son court séjour à Paris. Sa main finit par rencontrer l'agenda malmené qu'elle cherchait. Elle redescendit en feuilletant les pages du répertoire où, selon une tradition non officielle des Prés Verts, chaque élève inscrivait ses coordonnées dans tous les agendas de la classe, y compris dans ceux dont la tête de la propriétaire ne leur revenait pas.

Installée près du téléphone, elle tapa le numéro de Chloée. Elle n'avait cessé de penser à elle depuis la conversation en cul-de-sac au Monoprix.

Pas de réponse ... Pas étonnant en même temps, vu mon succès de ce matin. Elle nota pour l'avenir que le vingt-quatre décembre n'était définitivement pas une date pour contacter qui que ce fut.

Elle parcourut les pages du répertoire en déchiffrant les écritures des filles de sa classe. Son regard s'arrêta sur le prénom de Marie-Emeraude, inscrit en grosses lettres rondes. Elle se souvint des adieux soulagées qu'elle avait adressés à Sonia. *Pauvre fille ... J'espère qu'elle sera mieux traitée dans son prochain lycée.* Elle en doutait toutefois, maintenant qu'elle était, du moins le pensait-elle, rodée à la violence propre à l'internat.

Son index hésita autour du numéro de Béatrice. La troisième élève à déserter la classe. Elle n'avait pas vraiment interagi avec elle en dehors de quelques brasses à la piscine, cela paraitrait étrange qu'elle l'appelle. Voire opportuniste, de la curiosité malsaine à propos de son renvoi expéditif dont personne n'avait eu vent du motif. Était-ce bien honnête de téléphoner à une ex-camarade de classe si insignifiante qu'elle en avait oublié l'existence même depuis son départ brutal ? *Oh et puis zut, après tout, elle ne m'a pas dit au revoir avant de partir. On a quand même nagé ensemble plus d'une fois,* prétexta-t-elle, emportée par la curiosité.

Ce fut un homme qui décrocha au bout de deux sonneries. Sonia se présenta poliment et demanda à parler à Béatrice.

« Ma fille n'est pas là.
- D'accord. Est-ce que vous pourriez lui demander de me rappeler quand elle rentre ?
- Oui bien sûr.
- Je repars après-demain. Je voulais juste prendre de ses nouvelles. Savoir comment elle va depuis son renvoi.
- Son renvoi ? » fit la voix étonnée.

Sonia plaqua sa main sur sa bouche. *Merde !! Oh la gaffe ! Il n'était pas au courant ?* Elle resta muette, stupéfaite de sa propre connerie. Elle mettait sans le vouloir en situation de crise la veille de Noël une fille à laquelle elle ne portait qu'un intérêt mineur. *La honte ... Mais enfin, comment son père ne peut pas être au courant ? Il a forcément été contacté par l'école ! Ou dû venir la chercher.* Ce fut son interlocuteur qui parla le premier.

« Béatrice n'a pas été renvoyée, enfin ! Heureusement.

- Ah ?
- Mais non. Elle a juste été punie à cause de ses notes. Elle a une retenue pendant les vacances. Rien de plus.
- Bon d'accord, excusez-moi, j'ai confondu ...
- Pas de problème. Je dois vous laisser, ma femme m'appelle, j'ai à faire. Je peux prendre un message ?
- Oui, bien sûr. Vous demanderiez à votre fille de me rappeler ... dès qu'elle le peut ?
- Sans faute. Joyeux Noël. »

L'homme raccrocha aussi sec. Sonia, atterrée, garda le combiné à son oreille. *Quelle genre d'histoire Béatrice a fait avaler à ses parents ?* Mentir sur un renvoi définitif lui paraissait une entreprise spectaculaire. Comment pouvait-on maquiller ça en retenue temporaire ? *Ça va tellement chauffer quand ses parents vont apprendre la vérité.* Elle en eut un frisson au creux de la nuque. *Elle est folle, cette fille*, conclut-elle en reposant l'appareil sur son socle.

« Sonia ? cria sa mère depuis l'autre pièce. Tu as fini avec le téléphone ?
- OUI ! hurla-t-elle plus fort que nécessaire.
- Tu es habillée pour la messe ?
- Pas encore !
- Active toi ! On part dans trente minutes. »

Elle se leva à regret.

La journée avait passée trop vite sans qu'elle n'ait pu faire quoi que ce soit de plaisant. Comme si elle était partie trop longtemps.

Son monde s'était mis à tourner à côté d'elle.

Sans possibilité de le réintégrer.

*

Ce même sentiment amer persista lors de la messe, lorsque la chorale de gospel se mit à chanter. Sans elle, toujours. Ses comparses, fiers et joyeux entonnaient les morceaux qu'ils avaient travaillés depuis la rentrée. Chaque année, elle chantait avec eux à la messe de Noël de dix-neuf heures, celle de minuit étant réservée à la chorale des adultes. Mais cette année pour la première fois, Sonia était condamnée à les regarder chanter depuis le public entre ses deux parents.

Le reste de la soirée serait sans surprise. Elle serait coincée des heures à table avec les amis que ses parents auraient invités et leurs enfants insupportables, dont pas un seul n'avait un âge approchant du sien.

Elle visualisa le programme des heures à venir et ses impératifs. Il lui faudrait serrer les dents toute la soirée en attendant la fin et maquiller cela en joie d'imbécile heureuse. Répondre mille fois aux mêmes questions sans intérêt avec le sourire. Mimer surprise et ravissement sans sur-jouer en déballant les cadeaux ringards des amis de ses parents. Remercier tout le monde bien chaleureusement. Et aller se coucher avec l'impression d'avoir avalé une coulée de béton en priant pour la digérer expressément en vue du déjeuner de Noël chez ses grands-parents, où le couvert serait remis pour l'équivalent de douze milliards de personnes.

CHAPITRE 31

Le déjeuner touchait à sa fin rue de la Fédération, sans que pour autant personne ne quitte la table. La famille Pruneveille au complet restait soudée aux chaises de la salle à manger des grands-parents, en attendant qu'un adulte ait la bravoure de se lever pour préparer le café après un repas de plus de trois heures sans compter l'apéritif. Les petits fours avaient fait place au foie gras, puis au saumon fumé, suite à quoi deux plats en sauce et quatre accompagnements avaient été fièrement étalés sur la nappe des jours de fête. Le plateau de fromage avait tourné plus d'une fois sur son pivot avant de laisser la place à trois gâteaux et une corbeille de fruits exotiques que les invités avaient fixée avec un étonnement mêlé de dédain à ces hérésies non bourrées de crème pâtissière.

Sonia avait laissé sa grand-mère la resservir à n'en plus pouvoir sans avoir le cœur à refuser. Elle avait tristement réalisé qu'elle ne verrait pas ses grands-parents maternels ce Noël. Elle se rendait chaque année à Bruges avant le jour de l'an pour passer une extension de Noël avec eux. Cette année, elle devrait se contenter de colis expédiés par la poste. C'était la première année où elle devait se passer d'eux. Et ils lui manquaient. Ses grands-parents paternels, quant à eux, semblait se réjouir de la situation, comme si cela faisait un point pour eux. Ils n'avaient jamais aimé les parents de leur belle-fille, et ne manquaient jamais une occasion de les critiquer, sans que Sonia ne comprenne ce qu'ils leur reprochaient. Les parents de sa mère étaient pourtant l'exact versant belge de ce qu'étaient les parents de son père. Ils avaient simplement pris de concert la décision de les mépriser.

Entre deux bouchées de ce déjeuner interminable, Sonia eu droit à un interrogatoire en bonne et due forme sur sa nouvelle vie de pensionnaire, ramassant au passage de nombreuses piques de sa cousine Diane. Exaspéré de l'attention portée à Sonia, Diane n'avait cessé de vanter ses propres mérites toute seule. Sonia détournait les yeux du visage déconfit de sa mère lorsque sa cousine prenait la parole, la couvant d'un œil trahissant qu'elle aurait préféré avoir une fille comme Diane, qui a d'excellents résultats scolaires, ne répond pas à ses parents, s'enthousiasme pour tout, ne fait jamais de vagues. Tant de qualités qui passaient avant son physique tout juste passable. Et Sonia détestait le regard ébahi des parents de sa cousine lorsque leur fille prenait la parole pour s'auto-congratuler.

Seul Maxime et ses parents demeuraient insensibles aux opérations de séduction de Diane pour récolter des lauriers. Ils envisageaient probablement qu'une cousine valait l'autre, et que ce n'était pas une affaire de performances scolaires.

Sonia se permit de sortir de table lorsque les tasses de café furent vides, les adultes à moitié somnolents, et la conversation de fin de repas typiquement ridicule. Elle traversa les pièces de l'appartement et partit s'installer dans le bureau de son grand-père. Il avait aménagé cette ancienne chambre en bibliothèque dès lors qu'il s'était mis à la retraite, « pour avoir la paix », selon ses dires. Autrement dit, la pièce dans laquelle il allait se réfugier quand son épouse le gonflait un peu trop.

Sonia croisa les pieds sur la table basse, alluma le petit poste de télévision et zappa parmi les dessins animés et autres programmes pour enfants. Elle eut tôt fait d'éteindre et de piocher dans le panier à journaux sous l'accoudoir du fauteuil.

Lorsque Diane passa la tête dans le bureau sans frapper dans l'espoir de surprendre sa cousine en train de griller une cigarette pour la dénoncer, elle parut fort déçue de voir Sonia lire une revue d'économie. Diane referma la porte et retourna au salon. Sonia souriait sous cape. *Va me cafter avec ça ma grande, amuse toi.*

Elle continua à tourner les pages pour s'occuper les mains, trop assommée pour aller chercher un magazine féminin dans le panier à revues de sa grand-mère. L'instinct la fit revenir quelques pages en arrière. Une image avait attiré son attention quelques articles plus tôt. Elle retrouva la page. Il s'agissait d'une interview. La photo de l'homme interrogé occupait la moitié d'un feuillet. Sonia rapprocha le magazine jusqu'à loucher sur le portrait. Elle était certaine d'avoir déjà vu cet homme quelque part. *Mais où ? A quel moment j'aurais rencontré ...* Elle déchiffra le nom de l'individu posant en costume devant la bibliothèque d'un bureau élégant. *Marcel Durguain-Bouchard, ingénieur aéronautique ... Alors là ?...*

Bien que ni le nom ni la fonction ne lui dise rien, le visage lui paraissait pourtant étonnement familier. Elle écarta les hypothèses en comptant sur ses doigts. *Ce n'est pas un copain des parents ... Non. Je ne pense pas l'avoir vu à la télé. Ah, peut-être que ...*

Elle creusa sa mémoire, essaya de passer en revue tous les intervenants masculins venus donner une conférence un lundi aux Prés Verts. Mais Sonia n'était pas physionomiste, elle enregistrait mal les visages et mettrait un certain temps à y greffer des noms. Et l'impasse fut totale lorsqu'elle se souvint que personne jusqu'ici n'était venu donner de conférence sur le domaine de l'aviation. *C'est pas possible. Il me fait vraiment penser à quelqu'un ...*

Et soudain, elle éclata de rire. Un rire irrésistible, indomptable. Un fou rire comme elle n'en avait pas vécu depuis des mois, comme si elle avait abandonné toute aptitude à l'hilarité à son entrée au pensionnat en septembre dernier. Bientôt, elle en eut des crampes aux ventre, les larmes aux yeux. Son mascara dégoulinait. Elle ne pouvait plus s'arrêter.

Monsieur Bichot, l'homme à tout faire des Prés Verts, avait un sosie dans l'industrie aéronautique.

C'est clairement son jumeau abandonné à la naissance !

CHAPITRE 32

Elle avait toujours eu le cafard les soirs de vingt-cinq décembre. Quand on ramasse les lambeaux de papiers cadeaux déchirés, que la fête est terminée, qu'il faudra patienter jusqu'à l'an prochain pour revivre ce jour de fête.

Et si ce Noël n'avait pas été celui qu'elle espérait, qu'il avait même été décevant, elle n'échappait pas au cafard ce soir-là. La vue des piles de vêtements propres empilés par couleur sur son lit avant d'être réparties dans ses valises achevait de lui tordre le cœur.

Fabio passa furtivement la tête dans l'entrebâillement. Lorsqu'il vit Sonia, le chat s'enfuît aussitôt. A la place, ce fut Geneviève qui entra avec une liste à la main. Elle consulta le morceau de papier avant de regarder Sonia qui gardait les bras ballants.

« Tu as bien tout ce qui est noté sur la liste, c'est bon ?
- Oui, j'ai vérifié.
- Tu emmènes les vêtements que tu as eus pour Noël ? Ils te plaisent ?
- Bien sûr.
- Très bien. Je vais t'aider.
- On peut pas faire ça demain matin plutôt ? Je suis fatiguée.
- Tu comptes dormir avec un tas de vêtements repassés sur ton lit ? Je te signale que tu dois être prête à partir à neuf heures demain

matin. Donc on s'y met maintenant à deux et ce sera bouclé deux fois plus vite. »

Sonia aida mollement sa mère en lui passant les piles de vêtements et comptant le nombre de sous-vêtements. La gorge de la jeune fille se nouait à mesure que ses valises se remplissaient.

Elle n'avait aucune idée de quand elle reviendrait chez elle. Même si son foyer n'avait pas tout à fait la chaleur de ceux qu'on voyait dans les séries familiales, c'était quand même son refuge, l'endroit où elle avait grandi. Et elle s'en sentait exclue. Le vilain petit canard n'était plus le bienvenu dans sa famille, et même le chat n'en voulait plus. Ses amis de toujours poursuivaient leur vie sans même prendre de ses nouvelles comme si elle n'avait jamais existé pour eux. Ils ne prenaient même plus la peine de lui écrire. Elle était tombée au fond des oubliettes en un temps record.

Alix et son groupe de sadiques folles furieuses, en revanche, lui avaient promis qu'elle ne serait pas laissée pour compte à la rentrée. Qu'elles allaient s'occuper de son cas. Elle se voyait déjà la tête dans la cuvette des toilettes.

Ce fut plus fort qu'elle. Bien que Sonia s'interdisait depuis longtemps de craquer devant ses parents pour ne pas leur donner ce plaisir, elle dérogea à ses propres règles et fondit en larmes. Lorsqu'elle l'entendit renifler, Geneviève reposa sa liste sur le lit et pris sa fille par les épaules.

« Enfin ma chérie mais qu'est-ce que tu as ?
- Je veux pas retourner là-bas, sanglota Sonia. Je déteste cet endroit. Ça pue, c'est glauque, les filles sont complètement tarées. Je suis leur prochain bouc-émissaire, elles vont se déchainer sur moi quand elles vont rentrer de vacances. En plus j'ai personne sur qui compter là-bas, pas une copine, personne avec qui discuter, rien. Et puis il y a tous ces types bizarres dehors qui tournent autour de l'école sans arrêt qui me font flipper. Je veux pas y retourner, maman... »

Les larmes de l'adolescente redoublèrent. Sa mère soupira, avant de reprendre d'une voix douce mais ferme :

« Bon écoute Sonia, premièrement tu n'as rien à faire dehors, donc je ne vois pas pourquoi tu te préoccupes de ce qu'il se passe autour. Déjà un problème de résolu. C'est à l'intérieur que ça se passe. C'est à cause de tes résultats qu'on t'a scolarisée là-bas. Si tu avais mieux travaillé, tu n'y aurais jamais mis les pieds. Tes notes se sont nettement améliorées, mais on ne peut pas dire non plus qu'elles soient irréprochables. Et de surcroit, si tu dois retourner aussi vite aux Prés Verts, c'est parce que tu as été punie. Rien n'arrive par hasard. Pour ce qui concerne les filles de ta classe, c'est comme ça, on ne choisit pas toujours les gens à qui on est confronté pendant ses études, et même plus tard dans son travail. Ça, ma fille, c'est la vie, et il va falloir t'y habituer. Tu seras toujours obligée de côtoyer des gens que tu n'apprécies pas. Rien n'est tout rose. Maintenant, ça ne sert à rien de pleurer, tu gaspilles de l'énergie pour rien. Que tu veuilles y retourner ou pas, ce n'est pas ta décision, mais celle de tes parents, un point c'est tout. On fait tout ça pour toi, tu sais. Cette école coûte une fortune. Tu nous remercieras plus tard, tu verras. Je te le signe. »

Maxime Pruneveille s'était glissé sur le seuil de la pièce au milieu du monologue de son épouse et Fabio était venu faire le tour de ses jambes en ronronnant. Il ne sentait pas l'utilité de mettre son grain de sel. C'était une conversation de mère à fille. Il observa Sonia essuyer ses larmes d'un geste furieux. Il aurait voulu prendre sa fille dans ses bras pour la consoler mais il ne savait pas bien faire ce genre de choses. Alors il retourna regarder la télévision.

CHAPITRE 33

Lorsqu'ils sortirent du restaurant grill de la station essence où ils avaient déjeuné en silence, le froid sec et le vent qui courait sur l'autoroute les firent presser le pas vers la voiture. Maxime augmenta le chauffage au maximum avant de démarrer. Il n'avait pas rallumé l'autoradio qu'il enclenchait pour meubler l'absence de conversation. Il jeta un œil à Sonia qui gardait le visage fermé. Elle avait envie d'une cigarette.

« Ne t'inquiète pas, soupira son père sans préambule. Tout va bien se passer.
- Mouais ...
- Tu es intelligente, si tu ne le sais pas, je te le dis, moi. Tu n'es pas ma fille pour rien.
- Ah ...
- Tu as prouvé plusieurs fois que quand tu le veux bien, que tu te donnes de la peine et que tu ne te laisses pas distraire par des bêtises, tu es capable de rapporter des notes excellentes. Ce qu'il te manque, c'est de la rigueur. Ça se joue juste à ça, c'est pas le bout du monde.
- Ok.
- Tu sais, on n'est pas tous égaux en intelligence. C'est pas donné à tout le monde d'avoir un cerveau bien fait, et loin de là. Et toi, tu as ce potentiel, même si tu n'y crois pas.

- Si tu le dis …
- Bien sûr ! Aucun doute. Si on était persuadés que tu étais stupide, on n'aurait pas insisté. On aurait balisé le chemin pour que tu évites de te complaire dans trop de médiocrité. Mais on sait que quand tu veux, tu peux. Alors on ne lâche rien.
- D'accord.
- Et puis je vais te dire un truc, souvent, le pensionnat, c'est pas marrant quand on y est, mais finalement, on se rend compte après-coup qu'on n'y était pas si mal, et on en garde d'excellents souvenirs pour le reste de sa vie.
- Ça m'étonnerait.
- Non, je t'assure. Tu ne t'en rends pas compte maintenant, c'est tout.
- Tu parles pour toi.
- Alors dis-toi que moi, j'étais chez les jésuites, c'est un autre niveau en termes de sévérité. A côté tes Prés Verts c'est une colonie de vacances. C'était dur, moi aussi je suis passé par là, j'ai détesté être en internat, sur le moment. Mais en y réfléchissant, ça m'a laissé des souvenirs mémorables, et la plupart de mes amis d'aujourd'hui, trente ans après. Tu verras, je te parie que ce sera la même chose pour toi.
- Je ne crois pas. »

Les flocons, timides depuis quelques kilomètres, tombaient plus franchement à mesure qu'ils s'enfonçaient dans le Jura, qui s'avéra bientôt recouvert d'un solide manteau neigeux.

Une heure plus tard la tour crevait le brouillard.

*

Sonia redescendit raccompagner son père dans le hall après qu'il l'eut aidée à hisser les valises sur les onze étages.

« Allez ma fille, dit-il, rends-nous fiers. Ça va aller, tu verras. »

Il la serra dans ses bras. Trop fort, maladroitement. Par manque d'habitude.

*

Elle acheva de ranger ses affaires dans sa chambre. L'étage des Secondes était mort, le silence épais le rendait presque étouffant.

Au réfectoire, elle fut accueillie avec un enthousiasme dont la sincérité manifeste la surprît. Sitôt qu'elle eut posé son plateau du dîner sur la table en Formica, les questions fusèrent.

« Alors tu es guérie !? C'est une sacré grippe que tu as eue, ma pauvre...
- Horrible ! Mais oui, heureusement c'est fini.
- Tu n'as pas été la seule, dit une fille de Première en donnant un coup d'épaule à sa voisine de table qui se mouchait bruyamment. Hé ! Garde tes microbes !
- Moi aussi j'ai chopé une crève monstre, intervint une Terminale. Pas mal d'autres

aussi qui sont parties avec leur virus en vacances. Pire que rester punies ici que de ne pas en profiter.
- C'est sûr.
- T'as passé un bon Noël au moins Sonia ?
- Bof. Et vous ? »

S'en suivit une série d'inventaires de cadeaux. Sonia n'en énonça pas la liste exhaustive en se rendant compte qu'elle avait été plus gâtée que les autres. Elle ne voulait pas susciter de jalousie. L'absence d'antipathie de ces filles était une bénédiction qu'elle ne souhaitait couvrir d'aucune ombre. Les joyeuses conversations entrecoupées de gloussements et d'éternuements emplirent à elles seules le réfectoire vide.

Seule Laura mâchait son repas insipide en silence. Jetant parfois à Sonia un regard étrange. Un regard suspicieux.

*

Elle traversa le couloir vêtue de son épais pyjama d'hiver, fouillant sa trousse de toilette à la recherche de sa brosse à dents. Elle avait craint que le chauffage ne fut baissé le soir en l'absence des autres élèves de son étage. Bien qu'elle fut la seule à y dormir, l'étage était agréablement surchauffé, tandis qu'un vent très fort hurlait dans la nuit tombée trop tôt.

Elle ne s'était pas attendue à voir quelqu'un dans la salle de bains. Lui tournant le dos, perché au sommet d'un escabeau, l'homme à tout faire s'affairait sur une canalisation descendant du plafond. Monsieur Bichot ne l'avait pas entendue arriver. Elle cessa tout mouvement. L'homme avait rangé les outils qu'il tenait dans sa poche et apposé ses deux mains sur le tuyau. Sonia frémit. L'Esclave faisait délicatement glisser ses mains sur la canalisation, comme il aurait caressé un chat endormi. Et il murmurait. Il parlait bas, seul, en un chuchotement ininterrompu. Sonia ne pouvait saisir ce que disait l'homme en adoration devant un segment de plomberie. Il s'adressait au tube comme s'il psalmodiait une prière, religieusement. Une prière dans une autre langue qui ne ressemblait à rien de connu.

Mais qu'est-ce qu'il fout avec son tuyau lui ?

La scène l'aurait fait rire si elle ne s'était pas trouvée seule face à ce comportement déroutant. Et si ce spectacle n'avait pas paru aussi déplacé, ne l'avait mise si mal à l'aise.

Son tube de dentifrice lui échappa des mains et tomba. *Merde !*

L'homme fit aussitôt volte face. Un instant, Sonia crut qu'il allait perdre l'équilibre. Mais Monsieur Bichot se rattrapa, essoufflé par la frayeur. Il reprit son souffle après un petit rire nerveux.

« Oh la vache ! Vous m'avez fichu une sacré trouille !
- Pardon, Monsieur Bichot. Je ne voulais pas … Je ne savais pas que vous étiez là.
- C'est rien, c'est rien, pas d'inquiétude … »

Il descendit de son échelle avec des gestes empâtés et plaqua ses mains contre ses reins douloureux. Son visage était écarlate et transpirant.

« Et puis j'ai coutume de parler tout seul quand il n'y a personne. Vieille habitude pour combattre l'ennui.
- Il n'y a pas de problème.
- Oui, on se sent parfois très seul quand on est homme à tout faire. Alors on finit par murmurer à l'oreille des tuyaux, ahah ! »

Super drôle ! pensa Sonia qui força un petit rire poli qui eut des difficultés à sortir de sa bouche. L'homme avait repris sa contenance, et son visage une couleur normale. Il replia son escabeau et commença à ranger ses outils dans leur boîte.

« Alors, lança-t-il joyeusement. Comment se sont passées ces vacances ? Un peu courtes hein ?
- Oh oui, un peu trop.
- Du moment que vous ayez passé un bon Noël, quel importance, la longueur des vacances, après tout.
- Vous avez raison. »

La conversation s'enchaîna sur des banalités. Des lieux communs rassurants qui firent se détendre la jeune fille et lui firent oublier l'incongruité de la situation. Elle alla poser sa trousse de toilette sur le rebord du lavabo. L'homme à tout faire posa une main sur la visière de sa casquette en signe de salut.

« Bon, je vous laisse à vos appartements.

- Ah au fait ! J'ai vu votre sosie dans un journal ! Incroyable, on a peut-être déjà dû vous le dire, plaisanta-t-elle.
- Ah oui ? Tiens donc !
- Oui, j'ai oublié son nom par contre, mais la ressemblance était frappante. C'était un ingénieur en avion ou je ne sais pas trop quoi. Bref un truc comme ça. »

Monsieur Bichot souriait de toutes ses dents. Le temps d'un flash, Sonia crut percevoir quelque chose s'éteindre dans les yeux de son interlocuteur. Un instant imperceptible la plaisanterie avait laissé place à autre chose. Un sursaut de panique invisible. Elle le vit déglutir, son sourire paraissait crispé. *Quelle conne, j'ai dû le vexer ... ça m'apprendra à plaisanter avec des adultes.* Soudain l'Esclave partit d'un grand éclat de rire.

« Ingénieur en avions ! Ben dites-moi ! Belle réussite, mon sosie. Je lui prête ma serpillère quand il veut et moi je me ferai passer pour lui. Un petit tour du monde gratuit, ça ferait pas de mal !
- Ah ah ... C'est sûr ... »

*

Elle éteignit et posa sa tête sur l'oreiller. Les yeux fermés, elle entendit une canalisation goutter. Sans doute à l'étage au-dessus. Et en bas les camions qui passaient, équipés de chaines à neige, sans répit, quelque fut le temps. Elle ferma les yeux plus fort, essaya de faire abstraction des sons qui s'amplifient lorsqu'on est seul.

Est-ce que je suis la seule à être isolée à mon étage ? La réponse était positive. Concernant le lycée, elle était la seule élève de Seconde punie. Les Premières et les Terminales avaient des partenaires de galère à leurs étages. Pour ce qui était des élèves du collège, elle n'en n'avait aucune idée. Elle eut un frisson en s'imaginant une fillette de Sixième dans la même situation qu'elle, beaucoup plus jeune, beaucoup moins forte qu'elle. *Quelle horreur !*

Elle songea aux étages du personnel et tenta d'en faire le décompte, mais elle était incapable de savoir qui dormait ici ou non la nuit. *Et si on nous laissait seules la nuit ?* Un réflexe absurde lui fit tirer sur sa couette pour s'en recouvrir le visage. Comme si cela changeait quoi que ce soit. *Et si aucun professeur, aucun surveillant, aucun adulte ne dormait ici la nuit durant les vacances ? Et si ...* Son cœur s'accéléra.

Elle imagina les adultes quitter l'établissement une fois les élèves punies dans leurs chambres, laissant la voie libre à tous les rôdeurs du coin. *Ils le savent. Ils sont en route pour le pensionnat. Ils vont monter les étages. Ils vont me trouver ...*

Elle se recroquevilla sous la couette étouffante. Elle avait du mal à respirer. Le bruit des camions se mêlait à ceux affolés de sa respiration. *Calme toi, s'il te plaît ... Calme toi.*

Mais l'obsession ne la quittait pas. Elle les imaginait monter. Flairer la chair fraiche jusqu'à sa chambre. Et elle, se recroqueviller à la vue d'une ombre se projeter sous sa porte avant de l'ouvrir en grinçant.

Elle finit par s'endormir lorsque l'épuisement eut gagné la bataille.

CHAPITRE 34

La journée avait passé très vite. Sonia repensa aux paroles de son père la veille dans la voiture. Pour la première fois depuis qu'elle était ici, elle constata avec surprise avoir passé une journée *plaisante*. Chose encore inconcevable le matin même. *Il y du progrès. Un sacré progrès.*

Elle avait passé la journée à la bibliothèque avec les autres élèves en retenue. Elle avait alterné les pauses de lecture en solitaire près de la fenêtre et les bavardages ponctués de fous rires avec le groupe de lycéennes.

De temps en temps, des élèves du collège quittaient leurs tables pour venir à leur contact, obtenir de l'aide sur une matière ou demander des conseils à des *grandes* sur divers sujets. Et les filles jouaient à merveille leurs rôles de grandes sœurs de substitution. Cela évoquait bizarrement à Sonia le souvenir de *Princesse Sarah*, son dessin animé préféré quelques années plus tôt.

Elle comprit enfin que le malaise ne venait pas tant de l'internat en soi auquel elle avait fini par s'accoutumer, mais que c'étaient les élèves de la classe qui lui rendaient l'expérience difficile, avec leur bêtise crasse.

Je suis mal tombée, en fait, c'est ça mon drame. Parce qu'en vrai, c'est les filles de ma classe, le fléau. Des cas sociaux de compétition. La coupe du monde des connasses.

Si elle décidait d'en faire abstraction et tissait des liens solides avec des filles normales d'autres classes, alors peut-être finirait-elle par obtenir le cercle de confiance dont elle avait tant besoin à des centaines de kilomètres de chez elle, où, au passage, elle ne disposait plus vraiment d'amis fidèles. Avec cela et un peu, voire énormément d'imagination, elle se surprit à penser qu'elle pourrait *peut-être* finir par se plaire ici.

Cela valait pour une ambiance comme celle d'aujourd'hui, entourée de filles sympathiques et bienveillantes. Elle se savait en sursis, pour le moment, enfermée dans une parenthèse réconfortante, en attendant que la bande de harpies rentre de vacances.

Il restait un rideau opaque sur la rentrée.

Elle ne savait pas à quelle sauce elle serait mangée.

CHAPITRE 35

Ce soir-là, elle fut incapable de se concentrer sur le film, une vieillerie en noir et blanc, du genre que ses grands-parents belges adoraient regarder. *Mais pas moi. On verra ça quand j'aurais trois cents ans.*

Elle s'ennuyait ferme. La fille à côté d'elle se mit à éternuer avant de plonger son visage dans trois couches de Kleenex. Sonia s'écarta discrètement, sans oser changer de siège. Le seul souvenir de sa grippe suffisait à lui donner des sueurs froides. Elle avait été dans un état qu'elle ne souhaitait pas revivre de sitôt. Elle se souvint de l'étendue de ses cauchemars, qui avaient duré plus de deux jours. Deux jours ininterrompus de mauvais rêves. *J'ai déjà donné, merci.*

Les images du film lui firent penser à ce dont elle avait rêvé dans les étages supérieurs. Un couloir d'hôtel de luxe. Ou d'appartement New-Yorkais. Cela avait paru si réaliste.

*

L'idée l'obsédait depuis que le film l'avait renvoyée à son rêve. Trois quarts d'heure étaient passés depuis cette scène mais l'image des couloirs sortie de son imagination fiévreuse ne cessait de venir s'imprimer sur l'écran. *Je suis persuadée d'avoir vu ça. Je sais bien que j'ai rêvé mais pourtant ça ne me sort pas de la tête.* L'idée d'aller vérifier la traversa. *La buanderie est juste en-dessous, ça prendrait deux secondes. Et si je trouve l'ascenseur. Deux minutes, maximum. Après je n'y penserai plus. Quand j'aurai la preuve que j'ai rêvé je n'y penserai plus.* Elle restait cependant clouée à son siège, hésitante. Elle se sentait complètement débile.

Allez, c'est comme le monstre sous le lit. On sait qu'il n'existe pas mais ça ne coûte rien de vérifier pour dormir tranquille.

Elle se leva rapidement pour ne pas se laisser le temps de changer d'avis. Elle escalada les genoux de sa voisine.

« Je reviens, je vais aux toilettes », dit-elle tout bas.

La fille acquiesça, avant de se plier en deux sous l'effet de la toux.

Sonia s'éclipsa discrètement la salle, tenant le battant de la porte pour qu'il se referme sans bruit. Puis elle descendit un étage plus bas.

Elle pris le couloir attenant à la buanderie et appela l'ascenseur qui se trouvait au fond. Lorsque ses portes s'ouvrirent, elle le reconnut. Elle y entra pour examiner les boutons. Ceux-ci allaient bien des sous-sols aux cinq derniers étages. Et rien au milieu. *Oui, oui ... C'est logique, il faut bien un ascenseur qui monte aux derniers étages, vu que celui du hall s'arrête bien avant. C'est juste mal foutu. Mais pourquoi pas.*

Elle appuya sur le seizième étage. Elle se sentait moins téméraire, à présent que la cabine s'élevait dans les airs. *Ne sois pas trouillarde comme ça, c'est qu'un ascenseur, tu vas pas mourir.*

Elle retint sa respiration lorsque l'ascenseur s'arrêta enfin.

Les portes coulissèrent sur du vide.

C'était bien ça. Un étage désaffecté, à l'abandon, comme un tunnel sombre qu'elle ne prit pas la peine de tenter d'éclairer. Elle fut à nouveau enfermée dans la cabine, sans regret. *Bon, mais maintenant, fin de la logique. Les étages au-dessus doivent être dans le même état. Il n'est pas question d'autre chose. Les cinq derniers étages sont aveugles. Complètement aveugles, depuis l'extérieur. Il ne peut pas y avoir de chambres aussi belles sans fenêtres. Ça n'existe pas, un hôtel aveugle. Et ça n'existe pas, un hôtel dans une école.*

Elle pressa la touche du dix-septième étage, la main un peu tremblante. Son cœur se mit à battre plus fort. La montée fut plus brève qu'elle ne l'aurait souhaitée.

Lorsque le décor du dix-septième lui fut révélé, l'adolescente plaqua sa main devant sa bouche. *Je rêve. Ce n'est pas possible.* Les portes s'ouvraient, se refermaient obstinément avec la visiteuse clandestine à l'intérieur. S'ouvraient et se refermaient sur le couloir dont elle avait rêvé. Ou plus exactement dont elle n'avait pas rêvé. *Mais qu'est-ce que c'est que ça veut dire ?*

Les yeux inquiets, elle appuya sur l'étage supérieur. Il s'ouvrit sur la même vue, laissant la jeune fille pétrifiée, les dos plaqué à la paroi. *Si je n'ai pas rêvé alors ... si je n'ai pas rêvé ce que j'ai vu ...* Elle appuya sur le chiffre 19. Même chose. Elle fit une pause, essaya de rassembler ses esprits. *Il y a un hôtel ici. Et le parking avec les voitures de luxe, c'est celui des clients. Mais qui peut avoir l'idée de venir dormir ici ?*

En grimpant enfin vers le vingtième étage, la cabine se mit à grincer. *Il doit y avoir des suites, au dernier étage, quelque choses comme ça. Les chambres les plus belles.*

A nouveau, la cabine s'immobilisa et s'ouvrit.

CHAPITRE 36

Elle fut aussitôt frappée par l'odeur qui envahit l'ascenseur. La puanteur insoutenable d'humidité lui arracha un cri. L'odeur visqueuse d'un marécage sous la chaleur.

L'étage était plongé dans le noir. D'aussi loin qu'elle put le voir, le couloir avait la même architecture que ceux richement décorés. Il n'était pas désaffecté comme le seizième étage. Pas abandonné de la même manière. Il semblait plutôt avoir été laissé en ruines après avoir été décoré. A l'inverse du seizième étage et ses murs nus, ceux du vingtième étaient recouverts de papiers peint qui avaient fait des cloques, boursouflés les murs chargés d'humidité moisie. Au sol, la moquette avait gondolé et formé des bulles, et l'odeur infecte en imprégnait le tissu comme une éponge à égouts.

Sonia n'y voyait pas plus loin qu'à deux mètres grâce à l'éclairage de l'ascenseur. Elle sortit son briquet de sa poche, tendit le bras devant elle et l'alluma pour mieux voir. La flamme vacillât très vite et s'éteignit au bout d'une fraction de seconde.

Assez longtemps pour qu'elle sente la terreur raidir tout son corps.

Puis la flamme se ralluma au bout de son bras secoué de tremblements. Elle éclaira l'homme, *la chose* qui se tenait en face d'elle.

Haut de deux mètres, se tenant droit, l'homme à la tête déformée et luisante lui faisait face, la fixant de ses yeux globuleux. De ses bras et ses jambes musclées saillaient d'énormes veines et de cloques vertes, la peau comme une algue géante.

Sonia avait cessé de respirer. Son cœur lui-même avait suspendu ses battements. La peur, paralysante, inouïe.

Lorsqu'elle vit derrière l'homme-batracien une demi-douzaine de ses semblables tassés dans l'obscurité du couloir, respirant fort. Ils l'avaient tous vue, la regardaient sans réaction. Sans aucune réaction pour l'instant. Elle voulait hurler. Elle voulait, seulement.

Elle se projeta au fond de l'ascenseur et frappa sur les boutons au moment où la bête face à elle fit un pas en avant. Les portes se fermèrent sur la silhouette difforme qui avançait.

L'adolescente, hystérique, frappa compulsivement sur le bouton du dernier sous-sol. Tout le long de la descente.

*

Elle se propulsa hors de la cabine et courut à l'aveugle dans le troisième sous-sol, les cheveux dans les yeux, haletante, hors d'elle, hors du réel. Rien dans sa vie ne serait plus jamais pareil. Elle savait cette fois-ci, clair comme de l'eau hors d'ici, qu'elle ne rêvait pas.

Alors elle fonça sans réfléchir. Sans même savoir où elle allait, ce qu'elle essayait de rejoindre exactement. Elle fuyait l'image des créatures qu'elle venait de voir au sommet de la tour. Ces êtres luisants et difformes. Elle fila à travers les couloirs aux murs irréguliers, poussant des portes en fer rouillées, comme un jeu sans fin. Les machineries de l'immeuble l'accompagnaient de leurs rouages assourdissants. Les parois des corridors, de plus en plus étroites, se resserraient autour d'elle. Le couloir rétrécissait. Jusqu'à ce qu'il fut juste assez large pour qu'elle y passe en frôlant les épaules. Elle n'allait plus pouvoir avancer. Elle s'abattit sur la porte étroite, désespérée, sachant qu'elle n'aurait bientôt plus d'espace pour circuler.

Elle eut d'abord une sensation de vertige. Elle s'attendait à un énième tunnel sombre et étouffant. Elle se trouvait au seuil d'une vaste étendue de béton. Elle cessa sa course, les yeux injectés de sang. Elle crut un instant qu'elle se trouvait au parking.

Il n'y a avait pas de voitures, cependant. Pas un seul véhicule.

Il y avait autre chose à la place. Une installation incohérente, le genre de chose que l'on ne s'attend certainement pas à trouver dans un garage.

Il y avait, le long des murs, un succession d'immenses aquariums rectangulaires reliant le sol au plafond au milieu d'un enchevêtrement de canalisations. Une grotesque impression de musée océanographique dans les fondations sinistres de la tour.

Lorsque Sonia comprit que ce qui se trouvait à l'intérieur n'étaient pas des poissons, sa vessie finit par lâcher.

CHAPITRE 37

Sonia ne pouvait plus bouger. Elle cessa de cligner des yeux, de respirer, statufiée d'horreur. Aussi immobile, aussi horrifiée que ce qui se trouvait face à elle.

Stagnant dans l'eau verdâtre d'un bocal géant, Béatrice regardait Sonia, les yeux exorbités d'épouvante. Elle devait sans doute hurler. Mais le son sous l'eau n'aurait pas porté. Et le tuba enfoncé dans sa gorge relié à un tuyau sortant de la cage de verre aurait étouffé ses cris. Privée de voix, elle implorait Sonia de la sauver. L'eau, visqueuse, épaisse, entravait ses mouvements, lui alourdissait les membres.

Dans le bocal voisin dormait un homme déformé. Les yeux clos et paisibles, la chose mi-humain mi-batracien tournait doucement sur elle-même comme la danseuse d'une boîte à musique au milieu des bulles qui remontaient à la surface.

A côté de lui, dormant aussi, une collégienne en apesanteur dans l'eau trouble. Ses cheveux blonds dansaient dans le liquide, encadrant son visage où se formaient des cloques vertes.

Puis Sonia reconnut Chloée. Les tâches visqueuses et dures avaient achevé de recouvrir son corps entier. Seuls les traits de son visage trahissaient encore son identité. La transformation ne semblait pas tout à fait achevée. Bientôt l'adolescente ne serait plus reconnaissable, comme de nombreuses autres filles dans les bocaux.

Certaines d'entre elles cependant, avaient gardé leur apparence d'origine. Elles flottaient dans leur cage de verre comme dans du formol, des tubes dans la bouche, les yeux fermés, roulant parfois sous les paupières, du cauchemar qu'elles pensaient faire.

Les inconnus adultes dormaient d'un sommeil profond, en apesanteur, certains la tête en bas.

Et Marie-Emeraude, placide, les bras en croix, regardait Sonia sans la voir, les yeux sans vie.

Une emprise glacée se referma sur son poignet. Alors qu'elle se mit à crier, une autre main se plaqua sur sa bouche. Des mains fines et délicates, étrangement fortes.

« Chuuuuuuuut », lui souffla une voix à l'oreille. « Ne fais pas de bruit ! »

Sans desserrer son emprise, Laura fit pivoter Sonia face à elle, le regard grave, à l'affut du moindre mouvement inconsidéré. Elle relâcha la jeune fille terrorisée et appliqua un index sur ses lèvres.

« Chut », répétât-elle.

La peur, extrême, diffuse, empoisonnait tout son corps. Elle était hors d'état de s'exprimer. Cette folie autour d'elle projetait son esprit dans des sphères au-delà de l'horreur.

« Tu es stupide, d'avoir fait ça, dit calmement Laura. Mais je ne suis pas surprise. Je t'ai observée, et je savais que tu allais finir par fouiner. Je ne voulais pas que tu t'attires d'ennuis. Mais c'est trop tard maintenant. »

Pour toute réponse, Sonia trembla plus fort.

« Maintenant tu vas devoir te baigner dans la source, si tu ne veux pas être enfermée de force dans un bocal. »

Un sanglot s'échappa sa gorge.

« Je te conseille de coopérer. Va dans la source de toi-même. Ne fais pas la même erreur que moi. C'est horrible ... Tu n'imagines pas comme c'est horrible, de rester dans ces aquariums. »

Sonia émit une faible respiration maladive. Le sang qui lui montait au cerveau lui faisait apparaitre Laura en double.

« De ... de quoi tu ... tu parles », bégaiya-t-elle.

Son interlocutrice lui adressa un regard étrange, mélangeant la condescendance avec la pitié.

« L'eau d'ici est particulière. L'eau de la tour, qui est puisée dans la source. Cette eau, que l'on boit ici, avec laquelle on se lave, elle donne un influx. Quand on la consomme régulièrement, l'esprit s'affûte. L'eau d'ici permet une acuité, le pouvoir de mieux comprendre le monde. »

D'un geste assuré, dénué de crainte, Laura désigna une créature dormant dans un aquarium.

« C'est pour cette eau que des hommes et des femmes viennent séjourner ici en secret. Ils viennent pour faire une cure en se baignant dans la source, pour entretenir leur pouvoirs cognitifs. Et parfois, il arrive cette eau donne des effets secondaires. Des transformations physiques comme celles-ci. Dans ces cas-là, on soigne le mal par le mal. Il faut séjourner dans les aquariums jusqu'à retrouver une apparence normale, avant de reprendre sa vie comme si de rien n'était. Ces bocaux sont plus efficaces que la source. Ces adultes que tu vois dedans, ils sont là de leur plein gré. »

Sonia essayait de se faire au discours absurde de sa camarade de punition. Les mots s'infiltraient dans son esprit sans qu'elle ne puisse les concevoir. Cela dépassait son entendement.

« Mais ce n'est pas le cas des filles de l'école. »

Sonia déglutit, la gorge aride.

« Les filles qui sont là, comme ta copine Chloée, ont eu la malchance de connaître les effets secondaires. On les a mises là pour les soigner. Quant aux autres, comme Béatrice, elles se sont doutées de quelque chose. Elles ont voulu partir, ou ont été trop curieuses. C'est ce qu'il m'est arrivé il y a deux ans. »

Elle laissa Sonia balayer des yeux la galerie de monstres aquatiques.

« Et c'est que qu'il va t'arriver maintenant. »

CHAPITRE 38

Amorphe, sidérée, vidée de tout sens des réalités, Sonia se laissa guider sans opposer de résistance par Laura qui la tenait par la main. Elle lui emboîtait le pas d'une démarche fragile, comme si un geste trop brut l'eût coincée dans ce musée des horreurs jusqu'à la fin des temps.

« Tu vas voir, promit Laura d'une voix douce. Ce ne sera pas si terrible. Au début, si. Ça brûle. Ça fait très mal. Ça ronge le cerveau. Tu préférerais *mourir*. Mais tu verras que ça en vaut la peine. Tu ne seras plus jamais la même. »

Elle avait poussé une porte battante qui se referma derrière elles.

Le puits s'étendait à leurs pieds. L'eau trouble était lisse. Sonia, hypnotisée par la source, resta en suspens. Sans plus rien penser. Sans volonté.

Un homme du cinquantaine d'années aux cheveux gris traversa la pièce vêtu d'un simple peignoir blanc. Il sourit aux deux jeunes filles, sans la moindre trace de gêne. Pas plus qu'il n'en eut lorsqu'il fit glisser la robe de chambre qui tomba à ses chevilles. En silence, l'homme enjamba le tas de tissu éponge. Il marcha jusqu'au bord de la source. Son visage s'éclaira alors d'une joie démente.

Il se concentra, échauffa ses épaules, tendit les bras, avant de prendre une longue inspiration.

Il plongea, tête la première, crevant la surface lisse.

Sonia vit de gros bouillons remonter des profondeurs, gloussant d'un frémissement humide comme si l'eau riait.

L'homme revint à la surface en s'ébrouant, secouant ses maigres cheveux, éjectant les algues qui s'y étaient agrippées.

Sonia sursauta lorsqu'une deuxième tête sortit de l'eau. Une longue chevelure mouillée plaquée entre des épaules délicates. La femme battit des pieds sous la surface, se retourna pour s'accouder au rebord, découvrant son visage à moitié enflé de cloques vertes.

Apercevant les deux adolescentes, elle sourit, et leur adressa un geste amical. Un salut de sa main palmée et translucide.

Des mains vinrent se poser sur les épaules de Sonia. Ce ne pouvait être Laura qui se tenait à côté d'elle.

« Jeune fille, prononça la voix de Madame Jouannot dans sa nuque. C'est l'heure de prendre un bain. »

La phrase passa son chemin en longueur, s'immisça dans l'esprit de Sonia. Elle y fit écho, s'y amplifia. Elle en comprit tout le sens.

« Non ! » cria-t-elle.

Elle se dégagea des mains de la sous-directrice et se rua hors de la pièce.

*

« Sonia ! Sonia ! »

Un concert de voix s'élançait à ses trousses.

On l'appelait. On la cherchait. On s'organisait pour la retrouver. Pour l'immerger de force dans cette eau infâme, la noyer avec les monstres.

Elle avait réussi à atteindre le parking clandestin où dormaient quelques voitures de luxe. Elle n'avait pas compté sur sa mémoire. Elle ne pouvait compter sur rien d'autre que son instinct de survie. Elle trouva les marches menant au premier parking. *Le bouton d'ouverture !* C'était sa seule chance de sortir au plus vite.

Lentement, la porte automatique ouvrit sa gueule sur la nuit glaciale.

Sans hésiter, elle sortit en courant, vêtue d'un simple pull sous la tempête de neige. Elle fonça sur la grille qu'elle escalada en glissant. Le métal gelé lui brûlait les mains. Elle se hissa, de toutes ses forces, en poussant des geignements d'animal, des cris primaires qui se perdirent dans le vent.

Elle sauta de l'autre côté et glissa, atterrit sur les fesses. La douleur fut fulgurante. *Lève-toi. Lève-toi, allez !*

Elle se redressa, le visage tordu de souffrance, et courut en titubant vers la Zone Industrielle.

CHAPITRE 39

L'hôtel en face du supermarché. C'est là qu'il faut aller.

Incapable de penser, à peine capable de marcher droit, frigorifiée, elle laissait sa raison la guider.

L'hôtel doit être ouvert. Tu vas à la réception, tu demandes à téléphoner aux urgences. La police d'abord. Et puis tes parents. Grouille !

Elle accéléra. Elle ne sentait plus ses doigts. Ses cheveux étaient trempés de neige.

Il y eut un grondement derrière elle. Puis une grande lumière venant projeter son ombre d'ogre sur la façade d'une usine. La cabine d'un poids lourd la dépassa. Et une vitre s'ouvrit.

Elle n'avait qu'à demander de l'aide. *Je suis sauvée !*

Deux têtes se penchèrent depuis l'habitacle. Deux hommes massifs, à la stature de taureaux.

« J'ai besoin d'aide ! cria-t-elle, implorante.
- Sans blaguer ! fit le conducteur. Dehors par ce froid !
- Bien sûr, ma mignonne, ajouta son compagnon de voyage. Monte entre nous deux, on va te faire une place au chaud. »

Il ouvrit la portière.

Soudain, Sonia n'était plus certaine de vouloir grimper au milieu de ces deux inconnus. Ils la regardaient réfléchir, l'œil brillant, manifestement impatients de l'avoir avec eux dans l'habitacle. Et elle comprit que l'idée, si spontanée et logique fût-elle, était une erreur flagrante.

« Alors, tu grimpes ma cocotte ? Dépêche un peu, ça caille !
- Oui allez, monte ! »

L'adolescente recula d'un pas, sans les quitter des yeux. Elle vit la fureur se peindre sur leurs visages. Il changèrent subitement d'expression.

« Monte ou c'est moi qui descends d'attraper ! »

Elle bondit vers l'arrière du camion, puis se faufila dans une allée étroite. Elle entendit le véhicule reculer, rugir plein phares à sa recherche. Elle courut dans la neige en zigzags, le plus loin possible du son, le long des entrepôts.

Bientôt, le grondement du poids-lourd se lassa et disparut. La jeune fille reprit son souffle. Au premier étage d'un local en acier, une fenêtre était éclairée. *Sûrement un bureau. Il doit y avoir quelqu'un.* Elle tenta d'escalader la grille mais retomba de tout son poids sur le côté. Un râle de rage jaillit de sa gorge.

Elle se remit en route.

Bientôt, se jura-t-elle. J'y suis presque. Encore un effort. Encore quelques blocs et c'est bon.

L'hôtel était proche. De là où elle se trouvait, elle en distinguait le toit qui dépassait.

Et elle entendit un bruit sourd. A sa gauche, de la lumière provenant d'un entrepôt. *Il doit y avoir du monde, là, c'est certain. Des gens qui travaillent de nuit.* Prudemment, elle s'approcha d'une fenêtre et regarda à l'intérieur.

Elle ne s'était pas trompée. Il y avait du monde. Beaucoup de monde, d'ailleurs. Mais ils ne travaillaient pas. Une trentaine d'hommes de tous âges occupait le hangar désaffecté. Il étaient principalement occupés à vider des cannettes de bière dont certaines, vidées et froissées, jonchaient le sol. Les plus jeunes, traversaient la pièce en skateboard en évitant les détritus. *Oh non ...* Sonia reconnut aussitôt l'un des motards qui l'avaient poursuivie quelques mois plus tôt. Ses acolytes aussi étaient de la partie. *Il est temps de partir. Et vite.*

Mais d'un coup, alors qu'elle n'avait fait aucun bruit, comme un seul homme, tous les regards à l'intérieur du bâtiment se tournèrent vers la fenêtre d'où elle les observait.

Dans la seconde qui suivit, une porte s'ouvrit, et un bras tatoué sortit avec la lumière.

« Bienvenue Mademoiselle. Si vous voulez bien vous donner la peine d'entrer. »

Elle n'attendit pas d'apercevoir le visage de l'hôte.

Elle s'enfuit.

*

Cette fois-ci, il n'était pas question d'un camion facile à semer auquel elle devait échapper par la ruse. Cette fois-ci, et sans doute la dernière de sa vie, c'était une trentaine d'hommes qui lui couraient après. Une horde de prédateurs qui tentaient de l'attraper. Elle mit toute l'énergie du désespoir dans sa course qu'elle savait déjà vaine.

Les pas les plus proches d'elle se rapprochèrent encore. Elle sentit une main lui agripper les cheveux. Elle tomba, et entraîna son agresseur, surpris, dans sa chute. De loin, d'autres silhouettes se rapprochaient à toute vitesse. Sans réfléchir, Sonia attaqua la première. Elle planta ses dents sur la joue de celui qui l'avait fait tomber. Il hurla. Sonia sentait son souffle brulant en serrant plus fort la mâchoire. La victime improvisée pleurait de douleur. Sonia lâcha sa proie et bondit. Deux de ses assaillant glissèrent sur une plaque de verglas et tombèrent en hurlant à leur tour avec des bruits de craquements. Un garçon trapu, essoufflé, abandonna sa course.

« Attrapez-moi cette petit garce ! » hurla-t-il.

Ils étaient encore trois à lui courir après. Elle ne voyait pas les autres dans l'ombre. Devant elle, le grillage du pensionnat était à portée de vue. Lorsqu'elle fut proche, elle prit son élan et sauta. Elle parvint à s'agripper au milieu. *Allez j'y suis presque.* Mais ses agresseurs aussi.

Une main agrippa sa cheville. Les autres étaient juste derrière. Elle se secoua frénétiquement sa jambe. Elle allait perdre l'équilibre. Elle se débattit avec la fureur du désespoir. Elle s'accrocha des deux bras au sommet de la grille et utilisa son pied libre pour frapper de toutes ses forces sur la main du ravisseur. Il desserra son étreinte sous la surprise, et Sonia se hissa le plus vite qu'elle put. Lorsque l'homme tenta de la rattraper, il ne parvint qu'à lui ôter sa chaussure. Et Sonia passa de l'autre côté.

Elle leur fit face à travers le fil de fer. Ils étaient dix à s'être arrêtés devant, contrits, sachant qu'ils ne pouvaient traverser la barrière. Que l'adolescente était protégée par son enclos.

Sonia seule savait que le danger se trouvait aussi bien devant elle que dans son dos. Elle était cernée. Elle devait choisir un sort immuable, terrible, décisif, parmi les deux. C'était là le choix de sa vie, qu'elle prit en suffoquant, défiant ses harceleurs devenus silencieux en plantant ses yeux déterminés dans les leurs.

Elle leur tourna le dos.

D'un pas résolu, elle rentra au pensionnat par la grande porte.

CHAPITRE 40

Les larmes avaient jailli d'elles-mêmes lorsqu'elle eut franchi le hall. Des larmes résignées, presque invisibles. La directrice et Madame Jouannot l'attendaient. Elles ne paraissaient nullement contrariées par la tentative d'évasion de l'adolescente. Laura et Monsieur Bichot la couvèrent d'un regard dérangeant de bienveillance.

Sonia tremblait de tous ses membres.

Doucement, Madame Fabre s'approcha de la fugitive. Elle la prit délicatement contre elle. Sonia se laissa bercer, l'œil éteint, atterrée.
 « Je suis fière de toi, mon enfant. »
 Je suis finie ... Il n'y avait plus d'échappatoire désormais.
 « Tu as fait le bon choix. Plus tard, tu comprendras. »

Sans lâcher Sonia, la directrice garda un bras sur ses épaules et la guida vers les escaliers. Le reste du petit groupe leur emboîta le pas, en procession silencieuse.
 Le cortège descendit lentement vers la source, dans les fondations du bâtiment.

CHAPITRE 41

Le hall de l'hôtel était en effervescence à cette heure-ci. Le touristes rentraient de balade et, abattus par l'humidité, se pressaient de monter se déshabiller pour aller plonger dans la piscine du palace.

La journaliste prit quelques photos, puis Sonia l'invita à la suivre dans un salon privé.

« Nous serons plus tranquilles ici. Ce sera plus confortable pour vous.
- Vous avez raison. Et quelle vue ! » s'extasia la jeune femme en admirant Bangkok par la fenêtre panoramique.

Sonia s'installa sur son fauteuil et servit les rafraîchissements qu'elle avait fait commander. Elle tendit un jus de pamplemousse pressé à son interlocutrice qui s'installa devant elle et sortit un enregistreur vocal de sa poche.

« Prête ? »

Sonia acquiesça en souriant et repoussa d'un geste ses longs cheveux lissés derrière son épaule. La journaliste pressa le bouton d'enregistrement.

« Tout d'abord, merci de me recevoir. Je crois savoir que vous donnez peu d'interviews. Le suis honorée que vous ayez accepté.
- Je vous en prie. En quoi puis-je vous aider ?
- J'aimerais que l'on parle de votre parcours professionnel que je trouve inspirant. D'après

votre biographie, vous n'avez même pas encore quarante ans et …
- Je les aurai demain, interrompit Sonia en souriant.
- Oh vraiment !? Vous ne les faites pas ! Bon… je vous souhaite un bon anniversaire d'avance. J'espère que vous n'êtes pas superstitieuse.
- Pas du tout. Je vous remercie. »

La rédactrice s'éclaircit la gorge.

« Bien. Donc, à tout juste quarante ans, vous en êtes venue à diriger tout un empire hôtelier. Quel est le secret de votre réussite ?
- Tout d'abord, un travail acharné, cela va de soi. »

Sonia résuma sa vie professionnelle par étapes, de sa sortie d'école de commerce à ses premiers stages dans l'administration de groupes hôteliers. Elle s'attarda sur son expérience dans les moments de doutes, la façon qu'elle avait de gérer et surpasser les crises, ses méthodes pour motiver ses équipes.

« Et je suppose que vous avez dû être une élève studieuse lors de votre scolarité. »

Sonia éclata de rire.

« Non. Pas du tout.
- Vraiment ?
- Oui, loin de là même. J'étais loin d'être une élève modèle. Je n'ai rien fichu jusqu'au collège. J'étais la pire des flemmardes. Je ne m'intéressais pas aux cours. Je ne faisais que m'amuser. Mes notes étaient épouvantables.

- Intéressant. Alors comment se fait-il que vous ayez si brillamment réussi dans vos études ? Vous avez eu un déclic ? »

Sonia fit mine de réfléchir, longeant son pouce manucuré sur la courbe de son menton.

« J'ai eu de la chance, à vrai dire. Lorsque j'ai commencé le lycée, mes parents qui avaient flairé la catastrophe ont décidé de me mettre en pension. Je dois avouer que je leur en ai beaucoup voulu, au début. Mais finalement, c'est sans doute à ça que je dois tout ce qui s'en est suivi, ainsi que ma carrière.
- L'internat vous a changée, donc.
- Totalement. Métamorphosée même. Ils faut dire que mes parents ont choisi exactement ce qu'il me fallait. Les outils pédagogiques de cet établissement m'ont permis d'affuter mon potentiel, et d'avoir confiance en moi, ce qui était loin d'être gagné à première vue ! »

*

La journaliste remercia chaleureusement Sonia.

« Tout le plaisir était pour moi, chère Madame. »

L'invitée sortit du petit salon.

Lorsque les frottements des chaussures sur la moquette se furent suffisamment éloignés, Sonia se rua hors de la pièce. Le couloir était désert. Elle ôta ses escarpins et courut chaussures à la main jusqu'aux toilettes des femmes avant d'être vue.

Putain de putain !!! Elle entra en furie dans une large cabine de marbre dont l'odeur d'huile parfumée au jasmin lui agressa les sinus. Face au miroir, elle déboutonna à toute vitesse son chemisier. Deux boutons s'éjectèrent, vinrent cogner la glace avant de tomber dans le lavabo. Elle se tordit en tous sens et retira les manches devant son reflet paniqué.

Rien. Sa peau de porcelaine était intacte sous ses vêtements.

Elle avait pourtant ressenti de terribles démangeaisons durant son entretien avec la journaliste et eu toutes les peines du monde à masquer son état d'angoisse croissant.

Elle s'agrippa à la vasque et pleura de nerfs et de soulagement.

Elle avait eu si peur.

Elle redoutait ce jour depuis ses seize ans. Depuis sa première immersion volontaire dans la source la nuit de tempête où elle avait voulu s'enfuir. Elle avait depuis tant craint et redouté le jour où *ça arriverait*. Même si cela avait plus de chances de ne jamais se produire.

Depuis cette nuit de fin décembre vingt-quatre ans plus tôt, elle n'avait cessé de surveiller la texture de sa peau, à l'affut de la moindre tâche, de la moindre sensation.

Elle ne voulait jamais avoir à rester dans un aquarium.

Son dernier séjour dans l'hôtel clandestin des Prés Verts datait de cinq ans plus tôt. Elle y avait donné une conférence un lundi. Mais elle s'y était avant tout rendue pour faire une cure d'une semaine à raison de trois bains par jour dans l'eau du puits. Elle avait beau avoir son portait dans le hall, elle ne comptait pas y retourner de sitôt.

Marie-Emeraude dirigeait le pensionnat depuis quelques années déjà, le temps passait vite.

Elle se souvint de leur dernière conversation, dans sa suite aveugle du dix-huitième étage où elles s'étaient fait servir un plateau repas digne des palaces qu'elle dirigeait.

« Tu sais, lui avait dit son ancienne camarade. Il y a peu de chances que ça t'arrive, maintenant. Ça fait longtemps que tu aurais su.
- Tu as sans doute raison. Je me serais transformée plus tôt.
- Vraiment, je pense que tu peux être tranquille. Cela ne devrait pas arriver mais... »

Sonia avait vidé d'un trait le reste de sa coupe de Champagne et terminé la phrase de son amie.

« Mais on ne sait jamais. »

- FIN -

REMERCIEMENTS

Merci à Livia pour avoir corrigé mes fautes. Merci à son enthousiasme constant et sincère.

Merci à ma famille adorée et à mes formidables amis.

Merci à Jérémy avec qui je forme une équipe pour la vie.

Merci à mes fidèles lecteurs. Merci à ceux qui auront eu la curiosité de me lire pour la première fois.

Aimablement,

Charline Quarré

DU MÊME AUTEUR

ROMANS

A Contre-Jour, 2011
Pas ce Soir, 2012 (Nommé au Prix Littéraire François Sagan 2013)

RECUEILS DE NOUVELLES D'EPOUVANTE

Train Fantôme, 2015
Ecarlates, 2016
Made In Hell, 2017
Série B, 2018

ROMANS D'EPOUVANTE

Fille à Papa, 2019
Influx*, 2020*
Soap, 2021

Site web de l'auteur : www.charlinequarre.com